世間所有愛情都沒有剪影

不婚的城市

결혼하지 않는 도시

申京鎮——著
林季妤——譯

세상 모든 사랑은 실루엣이 없다

신경진

啊，婚姻，婚姻！你生了我，既生之後，
又從同樣的種子，繁殖出父親、兄弟、子女，
你顯示給世人新娘、妻子、母親，
在人世間最汙穢的行為。

出自索福克勒斯《伊底帕斯王》[1]

1 胡耀恆、胡宗文譯，1998，桂冠圖書。

目錄

寫給臺灣讀者的信

「婚姻」是個艱難的主題，但眾多當代小說家從未迴避「愛情與婚姻」這個題材，持續正面發起挑戰，於是，讀者們得以透過福樓拜的《包法利夫人》和莫泊桑的《女人的一生》，洞悉當代婚姻的風尚與層層包裝之下的形象。《不婚的城市》是一本描寫廿一世紀韓國社會婚姻制度的現實主義小說。在小說中，主角三代的婚姻故事既是主角個人的生命歷程，也反映著韓國的現代史。在儒教傳統根深蒂固的韓國，結婚無法停留在個體私事層面，更在家族、血緣團體、地域共同體與家國主義的相互作用之下，使婚姻的附加意義爆發性地擴大。此一過程也催生了必然的矛盾：夢想著完滿愛情的人類私慾，遇上「婚姻」這個社會性、制度性的障礙從中作梗，勢必屢屢遭受重挫。

在廿一世紀的韓國，處處遊蕩著「不婚主義」的幻影，吸引無數二十、三十歲的年輕世代崇尚追捧。對他們而言，婚姻與愛情並不是一組同義詞。「圓滿的愛情終將步入婚姻」這種老一輩的信念早已成為嘲弄與譏諷的對象，時下青年正在為愛情搭建新的神話。新的實驗模型逐步興起，年輕人嘗試擺脫慣習的束縛、渴望實現自由且具有生產力的愛情。該實驗能否成功雖難以斷言，但第四次工業革命的推進將會使人類的生活發生革命性的變化，這般展望則不言而喻。

讀完《不婚的城市》的讀者們開始對婚姻制度提出疑問，並尋找問題的解答。我們的面前擺放著充滿可能性的無數選項，結婚與不婚相互消長，為我們揭示人類所選擇的未來與其中的生存法則。往後，這個問題的答案會超越善惡的界線，停駐在選擇與責任的領域，隨著「我是誰？」這般古典的詰問漸漸具體化為「我選擇結婚，還是不結婚？」，生活亦將逐步蛻變。

關乎愛情的提問極其個人，而婚姻雖然屬於私人領域，同時又具有社會意義。即使我主張不結婚，婚姻禮俗也不會從這個世上消失，但選擇不婚的人群居住的城市裡，舊世界中的尋常光景將不復見。不婚主義解構了「愛情與婚姻」僵固的型態，拆除屏蔽在我們面前的帷幕。因此，「世間所有愛情都沒有剪影」，《不婚的城市》這麼認為。在沒有了布幔的舞台之上，我們將緩和下怦然的心跳，參與到趣味盎然的、全新的演出之中。

台灣與韓國，不僅是共享著悠久文化傳統的鄰居，也是攜手引領未來產業的夥伴。對於我的小說能被翻譯、在台灣出版，我感到相當開心。我試著在腦海中描繪，在台北美麗的露天咖啡廳裡，一名青年喝著珍奶、閱讀著《不婚的城市》，一思及那張臉龐上真摯的神情，不知道本書能帶給他什麼樣的感想，我便不禁心潮澎湃。在那座城市裡，一邊讚嘆著牛肉麵和小籠包的美味，一邊查看著台積電的股價圖表，應該也會成為異國旅人心中極其難忘的回憶吧。我衷心夢想著那一天的到來，謹停筆於此。

辛京鎮

第一章　他人的侵犯

蜜月旅行的第二天，海雲台[2]的大海在火紅艷陽之下推送著碧綠的波濤，誘惑著身心俱疲的人們。岸邊有群年輕人，正奔跑著縱身躍入大海。仲勛亦步亦趨跟在新娘身後，不明所以望著眼前的漁村景象。不發一語、逕直走著的瑛任驟然停下腳步。

「事到如今才告訴我這些，你想要我怎麼樣呢？」

作為一名曾經參與越戰的勇士，仲勛在年輕的新娘面前顯得躊躇不定。

「我只是覺得應該讓你知道真相。」

「真相？」

遭到反問的仲勛痛苦不已。

「你哥也這麼認為？你欠他一輩子？」

仲勛反射性地搖了搖頭，哥並不是那樣的男人。他們倆雖生為同卵雙胞胎，擁有相同的面容，實際上兄弟二人卻找不到半點相似之處，簡直像是完美的陌生人。在雙方親家的相見禮[3]上，妻子應該也已察覺到了這個事實。在外表如出一轍的兄弟之中，自己偏偏被介紹給了弟弟，或許她會感到後悔也說不定。

哥哥伯勛知性、體貼入微，相反地，仲勛則懶散又貪多務得。他倆就有如阿波羅和赫菲斯托斯，又或安平大君[4]和首陽大君[5]，既是手足卻又截然不同。

「現在，在你眼裡看到了什麼？」

海女在路邊成排的地攤上販賣著水產。瑛任在她們前方站定，轉身問道。婦女們用披掛在頸間的毛巾擦拭著汗水，揮手驅趕飛落在水產上頭的蒼蠅。仲勛討厭窮苦人。他只想立刻拉起新娘的手，回到飯店中躲避烈日。

許多喜愛在迎月嶺[6]高爾夫球場上享受揮桿之樂的權貴人士，以及他們身穿華服的夫人，此時都待在飯店大廳裡避暑。仲勛羨慕這些人。乘坐著現代的跑天下[7]或飛雅特[8]下山的避暑遊客，就好似奧林帕斯神殿裡的神祇一般，那些轎車在他眼中猶如阿波羅的黃金馬車。

---

2 位於韓國釜山市東南方沿海行政區，為韓國具代表性的休閒度假勝地。
3 韓國婚俗，在婚前安排雙方家族見面、拜會，並討論婚禮相關事宜。
4 名李瑢，朝鮮世宗嫡子，相傳才華洋溢，與兄弟首陽大君在政治上對立，後遭到流放。
5 名李瑈，是為朝鮮世祖，朝鮮世宗次子，在端宗年間發動癸酉靖難奪權。治國頗具建樹。
6 位於釜山海雲台區的觀光景點，現為釜山八景之一。
7 **Ford Cordina**，英國廠牌車款，台灣命名為福特跑天下。由韓國現代汽車代工逾十年。
8 義大利著名汽車製造商。一九七〇年代，由於韓國的汽車製造業開始發展，出於對本土企業的保護，相對於國產車，進口車的關稅壁壘極為高昂，故擁有進口車可顯示出車主社會地位。

再回顧搭巴士前來蜜月旅行的自己，二者的身分差距讓他嚐到挫敗感。在那一瞬間，自己出身名門大學、曾躋身主流報社記者的從業經歷全都黯然失色。

「我問你，你看到了什麼？」

瑛任再次問道。仲勛啞口無言，無論他再怎麼四下張望，也只看見曬得黝黑的攤商小販，還有那些搖搖欲墜的木製棚屋而已。在漁村的後方是大片大片的農田，天際那一頭，只有因為濫砍濫伐變得光禿禿的荒山。

「你說過，你在越南賺到的錢還存在戶頭裡，對吧？」

仲勛漫不經心地點頭。那是他結婚之後，為了置辦婚房存下來的一筆錢。

「我們用那筆錢、再加上我的嫁妝，在這裡買塊地吧。」

「妳是說，要在這裡買地？」

「對，雖然可能買不了太多，總之，先去打聽看看離海邊不遠的土地吧。如果運氣好些，說不定還能買到挺大一片地。」

「妳是打算在這裡種田嗎？」

「你瘋了嗎？你不明白在這裡置產代表什麼？雖然眼下都是農地，但這裡很快就會有所改變。不用多久，這兒就會有很多比遠東酒店[9]更高大的建築出現。」

新娘眼中注視的是幻夢。在這種偏僻漁村裡，哪需要什麼酒店，光是從首爾來到這裡，整趟路都不曉得要折騰多久。難道她這麼快就忘了，這趟大長征足足耗費了他們一整天的時間？他在越南叢林裡鎮日徘徊、尋找國軍弟兄的屍體，才掙得今天的一切，難道她現在是要他把這些全埋葬在這破漁村的不毛之地裡頭？

「以後，家裡頭的事就交給我，你就放手去做你該做的事吧。」

仲勛認定，瑛任是被酷暑熱昏了頭，才說出這番胡言亂語。要不然就是因為自己先前的告解受了衝擊，一下子沖昏腦袋也說不定。聽到他無論大學入學或是職場入職，都是藉由哥哥的幫助才得以一帆風順，恐怕沒有一個女人能夠毅然決然地應對。

仲勛憶起伯勛走向考場的背影。那個早他十五分鐘出生的男人，為了弟弟的人生，成了槍手頂替他應試。踏出考場之後，哥哥拍了拍弟弟的肩膀，鼓勵著他。

「別擔心。一切都會好起來的。」

瑛任並不相信愛情。她相信只有愚昧的女人才會患上愛情這種傳染病，丟失自己的

9　一九七〇年代，釜山海雲台唯一的大型飯店。

純真。在故鄉清道[10]，她親眼目睹一位以貌美出名的姐姐，而今只剩人老珠黃，於是夢想著逃離。

那是果園家的順怡姐。她才去了一趟溫陽溫泉度蜜月，新婚旅行回來的第二天起，就遭到長她十歲的丈夫拳腳相向。每當她丈夫一舉起棍棒，婆婆和姑嫂就對著兒媳破口大罵。女人被揍得渾身青一塊、紫一塊，只得趁著天黑，連夜躲回娘家。但嫁出去的女兒逃回了家，卻沒有一個娘家人願意給她好臉色看。

順怡姐縮身蹲坐在蘋果樹蔭下，乾瞪著蒼天的一雙眼睛裡透著怨憤。

瑛任心中滿腔的怒火。順怡姐的美貌，曾讓男人失魂落魄徘徊終日，夫君竟一夕之間突變為洪水猛獸，這讓青春期的少女倍受衝擊。這一切，全是名為愛情的惡性腫瘤引發的悲劇。

男人壓根分不清性慾和愛情。當他們擁有了女人，品嚐到喜悅的那瞬間，便知道所有美好都已消失，身軀因厭倦而抖動。厭倦化為憤怒，憤怒化為暴力，成為女人的災難。

瑛任離開老家，考上了大邱的夜間高中。白天她在紡織廠的鎢絲燈下做縫紉工，夜裡就趴在教室裡的書桌上打瞌睡。她不相信男人，也不嚮往浪漫的愛情。但眼見畢業在即，她卻像是自以為打了劑所向披靡的病毒疫苗，失去了戒備。

對方是在公司聚餐時認識的大學生。那男生從首爾來，趁著暑假在叔叔的公司打工開貨車、賺取零用錢。青年修長而溫和的眼眉，以及低沉的嗓音頗具魅力。一口流暢的首爾語調，聽得一群參加聚餐的年輕女工心中小鹿亂撞。當瑛任收到他的提議、邀約她週末去看場電影時，她覺得自己擊敗了所有同處競爭關係的女孩，陷入化身成為灰姑娘的美妙幻夢之中。

在夏天到來之前，兩人共有過三次的約會，其後她就在浦項[11]某座山間寺廟下的民房裡，失去了純潔之身。大汗淋漓的男人露出一個微妙的笑容，自顧自地走下溪谷、將身子泡進冷冰冰的溪水裡。那是個蚊蟲肆虐的天氣，因此她並沒想踏出蚊帳外頭。她很確定，大學生哥哥也曾把同事女工帶到這間陰暗的民房裡來。她極度厭惡染上愛情這種惡性傳染病的自己，將臉深深地埋進枕頭裡、嚎啕大哭。

首爾則為她安上了翅膀，像隻幼蟲蛻變成了蝴蝶。她不再是成長於清道那窮鄉僻壤

---

10 位於韓國慶尚北道南部的郡。

11 位於韓國慶尚北道，為東部的沿海城市。

的農家女，也不再是窩在大邱紡織廠裡做裁縫的女工。只要賺得了錢，她什麼事都肯做。她一手攬下未婚女性難以堅持的髒活、累活，慢慢賺飽了荷包。她的聲譽日積月累，讓她在布商之間組織的互助會裡當上了會頭，她收取高額利息、融資借貸，這種攢錢的手段她如魚得水，凡是急須周轉的商賈，人人都曉得就該找慶尚道[12]的精明女孩。

她投資多年積蓄，在女子大學前開設了服飾店和化妝品店面。不過二十來歲，她便擁有了以自己名字命名的店鋪，當了老闆娘。出身富貴人家的天真女大學生，紛紛為頭一次當上老闆娘的她著了迷，心甘情願地購入昂貴的化妝品和衣物。

在瑛任的血管裡，流淌著懂得抓住顧客心思的商人血液。但持續積累才富、不斷擴張店鋪，並不代表幸福也會一併增長。她眼看著那些不諳世事的女大學生，畢業之後變得加倍闊綽。她們乘坐著丈夫的私家轎車到店裡看望，沉浸在回憶之中。那些曾經迷戀洋鬼子歌手、為偶像尖叫著的年輕女孩，一夜之間成了中小企業的豪門兒媳、醫生娘或律師夫人。對於總在體力勞動之中兜兜轉轉的瑛任來說，她們搖身一變的過程恍若魔法。在她們養尊處優、言笑晏晏地離開之後，只留下她妒火燎原。

經過一番深思熟慮，瑛任下定了決心。她參加了那年冬天的大學入學考試，考進一所四下被農田環抱的女子大學。在那個年代，只要繳得起註冊費，任誰都能夠入學就讀的大學比比皆是。

瑛任曾經很看不起那些女大學生。但直到自己也成為朝思暮想的大學生，她才看清了這世界是如何運作的。無論她在市場底層攢了多少金錢，她也擺脫不了身為販夫走卒的枷鎖。一個還沒結婚的姑娘家，向那些歷經了大風大浪的市場商賈借錢放貸，本身就是一門風險極高的事業。

直到畢業之前，她都在努力抹滅自己的過去。她收掉位於新村[13]的店面，在故鄉清道購置果園和牧場。她的父親和兩個哥哥本是佃農，沒過幾年就成了故鄉村頭上頗有份量的知名人士。而總是遮遮掩掩、藏起一張青腫面頰的順怡姐，家中的蘋果樹園如今也歸瑛任所有。

就讀英語系的瑛任既不識詹姆斯．喬伊斯，也不曉得T．S．艾略特，她腦子裡唯一輸入的兩句英文，是莎士比亞的兩句經典台詞。一是英語系畢業生無人不知、無人不曉的哈姆雷特台詞：「生存還是毀滅，這是一個值得考慮的問題」；另一句則出自教唆

12　位於韓國東南部，朝鮮八道之一，首都大邱。

13　位於首爾西大門區，臨近梨花女子大學、延世大學，為著名大學街。

丈夫殺人的馬克白夫人：「覆水難收」。儘管如此，她在畢業時也並未有所窒礙。畢業前夕，她收下婚姻仲介送來的簡歷，挑選起男人。不同於魯莽博弈似的自由戀愛，婚姻是甜蜜的。她權衡忖度每個男人的職業與社會背景，勾勒著未來的藍圖。由於她旺盛的冒險精神，她鮮少被公務員、醫生、律師等穩定的職業所吸引，她要的男人需要擁有強大的男性魅力，能夠滿足她自身的慾望。

一九六〇年代後半，韓國依舊是世界上最貧困的國家之一。她堅信比起北韓的傀儡政權，貧窮的自由韓國[14]能給予更多機會。她見證了社會階層與身分不停流動變換，學習到市場底層的生存方式。

瑛任很中意陸軍少將戴著雷朋墨鏡，在軍用吉普車前擺好姿勢拍下的照片。她細細檢閱仲勛的履歷，腦中描繪出初階軍官穿梭在越南叢林中活躍的身影。他是在槍林彈雨的戰場上倖存下來、獲得光榮勳章的男人，這樣的男人絕不會屈服於任何危難。他是畢業於名門大學的青年才俊，又是報社的記者，面對這樣文武雙全的男人，她才終於感受到值得賭上人生的誘惑。

時光流逝，每當瑛任憶起她與丈夫仲勛之間的緣份，都會想起海雲台沙灘上浮動的暑氣。那一瞬間決定了她的人生。男人的野心、以及輕率盲目的慾望令她憤怒不已，不僅透過代考考上大學、甚至職場也是由哥哥一手操辦，男人的偽裝手段是卑鄙的欺瞞，比起她先前洗刷身分的過程簡直望塵莫及。

她真正是落了個竹籃打水一場空。兩人都已辦了婚禮、同床共枕之後才得知真相，她完全想不通他究竟是何居心。

在相見禮上，瑛任一見到丈夫的哥哥，當即產生一股怪誕的衝動。那個和新郎長得一模一樣的男子，孤零零地坐在角落裡自斟自酌，一想到這名曾是代考槍手，現在則是自信全無的落魄考生將成為自己的大伯，她便感到毛骨悚然。她輪番打量著這對雙胞胎兄弟，居然有種看見一個人格體分裂成兩個靈魂的錯覺，但她向來自認反應機敏、慧眼識人，怎麼當時沒能看出半分端倪？

伯勛的妻子是名大腹便便的婦人，瑛任對她也心存芥蒂。她自江原道的山村上京進城，畢業於名不見經傳的中學，還有她那庸庸碌碌為求溫飽的寒酸資歷，都像山村溝壑裡散發出的惡臭一樣令人作嘔。只要待在她附近，便讓瑛任覺得彷彿連她自身可恥的過

14　1953年，韓戰簽訂停火協議，以北緯三十八度線劃分為北韓與南韓。由於雙方各自主張主權，北韓被視為蘇聯扶植的傀儡政權，南邊則是由西方支持的自由韓國，現通稱南韓、大韓民國。

去，都要從那女人假惺惺的笑容、肥胖渾圓的身體裡冒出來。

相見禮當天，瑛任便決心與婆家老死不相往來。尖酸刻薄的婆婆和無能的公公之間有種盤根錯節的血緣連帶，讓她察覺到寄生蟲可憎的腐臭之氣已深入骨髓。那是婚姻給她帶來的第一片烏雲。

婆家的人似乎全都曉得真相，否則新郎也不必急於在新婚當晚匆促自白。她無法接受現實竟然是個巨大的騙局，由於灼熱的憎惡，淚水也無法自抑，即便她在浦項的山村民居中，因情場風流的大學生失去童貞的時候，也沒有哭得這麼厲害。

她的婚姻成了場瘋子的鬧劇。瑛任一宿未能闔眼，拋下熟睡的仲勛望向黎明破曉的大海。壯麗的日出平撫了瑛任紊亂的心緒，那耀眼的景色將她震懾得怔怔出了神。

倏然間，她眼中望見了在海嘯席捲過後的海岸邊，高樓大廈如屏風般層層開展，如神話中的巨人般拔地而起的幻象。小漁村美麗的海岸蘊含著無限的可能性，在她眼裡，如黃金般閃耀的沙灘，便是價值難以衡量的珍寶。

為了挖掘寶藏，瑛任投身於沙灘之上，那一瞬間，她醒悟到自己再不是一名失敗者。她興奮得發顫。果樹園家的順怡姐嫁給了里長的兒子，卻遭到毆打、被逐出家門，但自己的婚姻生活從出發點就大相徑庭。她的名分是出身名門大學的一流報社記者的妻子，不僅如此，這個愚蠢的男人在第一天晚上，就主動把自己的脖子拴在狗鏈上，宣告自己成了奴隸。婚姻生活不知何時才會到頭，但從此刻、直到一腳踏入冥府黃泉之前，婚姻的主導權都將擺在她的掌心。

瑛任倚靠在酒店的窗邊，俯瞰著沙灘上不斷延伸的浪花泡沫，像得了夢遊病的馬克白女王，口中不自覺地喃喃吐出一句英語。

「What's done is done.（覆水難收）」

一九七〇年，針對高達千萬坪面積的永東地區[15]，政府公布了與土地開發相關的項目。被稱作永東地區的這塊土地，被劃分為江南區、瑞草區、松坡區等行政區域，之後寫出長達數十年的不動產不敗神話。

江南就是機會的代名詞。但當時市民們未能全盤信任政府公告。他們帶著有色眼鏡，認定這塊為慣性洪災所苦、只能種植桑樹的土地，只有傻子才會購置，豈有什麼榮光可言。

15　主要指位於首爾東南部，漢江以南的區域，大部分今日通稱「江南地區」。

瑛任可就不一樣了。相較於她在海雲台海邊看見的高樓幻影，她直覺感知到更龐大的軍團正在進發。她賣掉老家的屋舍和田地，將娘家人全叫到了首爾。身在首爾的小女兒向一幫親戚下達了命令，不惜餓死也要死守土地。她讓親戚們分散在新沙洞、良材和蠶室等地打穩了樁腳，她自己則在盤浦和江南轉運站一帶購入地產。

向銀行借錢貸款這種事，對頂尖報社記者的妻子而言根本不費吹灰之力，而年少時透過高額融資累積財富的經驗，讓她在這場腥風血雨的戰鬥中脫穎而出。

酷愛雷朋墨鏡的將軍死後，新的年輕軍官掌握了政權。漢江變得寬闊而深沉，跨越江兩岸的橋樑數量也迅速增加，還預定在不久的將來舉辦世界性的慶典——奧林匹克運動會[16]。她取得了公寓購置特惠[17]，俯瞰著漢江風光生活，那是新的軍政府為了安撫輿論人士而祭出的自救手段。婚姻生活是否幸福美滿？每當被問及這種不著邊際的問題，她都會噗哧地笑出聲來。

嗣續之望，意旨傳宗接代的希望。沒能生兒育女的瑛任依然是個失敗者。她不相信浪漫主義的虛假神話，也不相信愛情；她無視舊時女子應未嫁從父、出嫁從夫、夫死從子的三從之道。富甲一方的她是新時代的女王，家族皆是她忠實的兵士，唯命是從，就連婆家人也得看她的臉色。但埋藏在她內心一隅的不安仍漸漸擴張。

打從蜜月旅行的第一晚，她的麻木不仁便已無法治癒。肉體是敵軍的使節，懷揣著意義不明的訊息，對於「在高潮中顫抖、陷入無我之境」這一類誇張的表現都抱持著反感。

性愛是沒有意義的單行道。臥室的燈一熄滅，她的身體就冷如冰霜；沒有甜言蜜語，她只感到粗暴的推送如波濤般襲來。瑛任不曉得任何能讓男人放鬆僵直軀幹的秘方。或許，這一切都歸咎於某種珍貴的東西，但卻早已消失在浦項陰暗的民房裡頭。那一晚，大學生哥哥甜美的首爾口音不曾在她耳鬢呢喃，她只聽見發情的雄性動物嘶吼的嘈雜聲響。

她厭惡男性的生理慾望，她的愛情並未以性愛臻致圓滿。每當一完事，她就趕緊撇下丈夫呆滯的眼神，走進浴室，抹去他人進入體內的痕跡。

16 一九八八年韓國為奧運主辦國，俗稱漢城（現譯首爾）奧運。

17 一九七〇年代，首爾居住需求大增，江南地價大漲也帶動房產投機風氣。一九七九年全斗煥經由政變上台，曾施惠登錄在記者協會的媒體人提供優惠價碼購置公寓，用以安撫對政變、雷厲風行的施政手段不滿的民心，直到今日仍顯示了輿論在韓國的影響力。

儘管如此，瑛任仍想要孩子。即便她從不相信什麼傳宗接代、三從四德，卻也對生育子女的原始渴望無能為力。她是個奴隸，信奉所謂幸福家庭的神話。擁有安定的丈夫、也確保了經濟基礎的她，唯一缺乏的就是孩子響亮的啼哭。她盼望著能將懷抱嬰孩的照片高掛在客廳的牆上，為之自豪。給胎毛茂密的孩兒餵上母乳、面帶母性的微笑為孩子唱首搖籃曲，是保障婚姻這樁危險的交易踏入最終階段的證明。

但神是不公平的。縱使時光飛逝、努力用罄，神依舊沒有實現她的願望。直至婦產科醫師給她的肉體貼上醫學不孕這樣不名譽的標籤，她也只是充滿嫌惡地反咬對方是名蒙古大夫，無法接受真相。瑛任指謫丈夫，將責任全都推到他身上，追究他是否在戰爭期間注射過可疑的藥物，又或曾在異國叢林間誤食毒蕈、導致殘疾。

每到宵禁時間[18]，丈夫醉醺醺地回到家中，襯衫上總沾染著廉價女郎的氣味。曾經營化妝品生意的她嗅覺相當敏銳，但她從不對此刨根問柢。那是男人的世界。她只是在清晨推開丈夫探索著她的軀體，甚至一度希望丈夫能索性在外頭解決生理需求後再返家。

無論內情如何，她都需要一個孩子。因為結婚不過是為了種族繁衍和維繫財產的必要手段。她忍受著痛苦接納了丈夫，畢竟對一個幸福的家庭而言，沒有孩子就是致命的匱乏。為此，她幾近瘋狂，她俯瞰著白日裡慵懶的江水，用無謂的乾嘔詛咒著三神奶奶[19]肯定是聾了耳朵。

早婚的大伯生養了四個孩子。

那對夫妻的兒孫福讓瑛任羨慕不已。他們彷彿制定了不可思議的計畫，兒子、女兒、兒子、女兒依序來到世上，孩子們獨佔了婆家的關愛。她始終無法理解，一個只有初中學歷，在小公司擔任經理的女人，怎麼有辦法搭上名門大學畢業的法律系學生。更有甚者，聽丈夫描述著這對夫妻對世道幾乎一無所知，卻能沒有絲毫不和、美滿和樂，在她聽來更是荒誕不經。

他們不畏貧困，面對責難也從不往心裡去。十餘年來，女人一直像天一般服侍著屢屢名落孫山的丈夫，即使寅吃卯糧，每月花銷捉襟見肘，女人臉上的笑容也沒有消失。

18　一九八〇年代，韓國仍由軍政府執政，政局混亂、實施戒嚴令，禁止集會、罷工，實施宵禁。

19　又稱送子三神。朝鮮的神靈，執掌命運與分娩。

她毫無罪惡感地向婆家人伸手要錢，到處開著空頭支票，表示只要丈夫考試合格，所有債務都能一次償還。望著多虧自己丈夫才成為記者的小叔，妯娌的眼底流露出奇異的優越感。打從初次見面，瑛任就對這名純樸長媳的女人懷有敵意，但即便如此，她也沒有指責丈夫老在背地裡偷偷接濟兄嫂一家。她只是安慰自己，丈夫不會沒有那點判斷力，壓抑下怒火。

隨著第三個孩子即將開始上學，大伯終於正式放棄公職應試。無論他倍受衝擊的妻子如何聲淚俱下地勸阻，仍找到雙胞胎弟弟，拜託他搭橋牽線、介紹工作。

瑛任勸說丈夫幫忙打聽個職位。畢竟無論如何，萬一兄嫂一家一貧如洗，對自己也會造成負擔。最終，伯勛在一家中小企業掛了個科長的職位——這個故事意味著，如果弟弟一路平步青雲，哥哥也能找到更好的工作崗位、實現階級流動。

弟弟就這樣還清了積欠哥哥一輩子的人情債。然而，即使找到了工作，單靠那點微薄的薪資，一家六口也難以餬口。妯娌就像妄想一夜致富的賭徒，一心只盼著丈夫金榜題名，這下她的耐性也終於見了底。她日復一日地找上婆家的長輩大發脾氣，埋怨丈夫、哀嘆自己的身世，只知孩子一個接一個地生，對生計卻束手無策。瑛任只當那自食其果的女人是個笑話，和裹在襁褓裡的嬰兒對著眼玩耍。

從婆家回來之後，瑛任又想起那女娃娃的臉蛋，烏黑的眼瞳晶瑩閃耀，臉上掛著微笑。如果能生下孩子，她也想要那樣漂亮的女兒。當天晚上，她就在夢裡見到一個孩子的身影，穿著一身優雅的衣裙，恍如洛可可時代[20]的公主。那是一種補償的慾求，她夢想著補償自己不得不就讀夜校、當縫紉女工的幼年時光。

凌晨，瑛任從睡夢中醒來，俯瞰著漢江喝了杯威士忌。

她回到寢室裡搖晃著仲勛熟睡的肩，說道：

「我得把那個女孩帶回來，她是我的女兒。」

幾天後，新郎鄭仲勛和新娘江瑛任，便領養了宗子家的小女兒鄭善美為養女。作為代價，瑛任寫了份保證書，將去年購入的一套蠶室小型公寓轉讓給長兄夫婦。考慮到婆家人蒙受了一定的損失，她認為這稱得上一份令人滿意的契約。

她首先進行的工作，就是抹去孩子在無意識中銘刻的過去。或許是終於擺脫了其他

20　起源於十八世紀法國的藝術形式，具有粉嫩柔軟、不對稱與曲線動態的風格。

三兄妹沒日沒夜小獸般的騷動，足歲的女娃沒發出半點哭聲就睡熟了。

「智芸這個名字怎麼樣？不覺得很不錯嗎？」

仲勛無所謂似的點了點頭。夫妻二人有了漂亮的女兒，才算完整了婚姻這個制度。妻子總算放了心，丈夫也為她高興。

瑛任很愛孩子。只要懷抱著嬰兒，孩子的脈搏與體溫傳來的震動，就讓她的心臟跳動不已。

她希望孩子能像個公主般成長。她在百貨公司給孩子添購衣物和玩具，購入頂級的嬰兒用品，甚至嬰兒床和嬰兒車還是走私進口的水貨。當她將智芸放在有如坦克般牢固的嬰兒車裡推出門時，背著嬰孩出門的那群鄰居婦女就會朝她投射嫉妒的目光。

她邀請了親朋好友，在一家五星級酒店慶祝孩子的生日。注視著智芸像凡爾賽宮中的公主般搖搖晃晃地走著，她便感到心潮澎湃，直到派對結束都未能平復。

瑛任不相信男女之間的愛情。但孩子不一樣，孩子身上流淌的血液蘊含著至真至純的愛。可愛活潑的獨生女長得聰明又健康，只要智芸一哭，她便心痛得好似全世界都要坍塌。

孩子一上小學，不僅是班導，瑛任還給副校長和校長全都打點了紅包，校方則回報以各種表彰和獎項。智芸當上女童軍的隊長，滿足了做媽媽的期待，瑛任也為金枝玉葉的獨生女感到驕傲。她在房價急遽上漲的情勢下始終能夠面不改色，卻因智芸成長為亭亭玉立的少女發出幸福的尖叫。那一瞬間，在貧困農村裡艱難度過年少時期的幹練姑娘，透過獨生女實現了自己的夢想。

她咒罵詆毀男性的肉體，成年男子粗鄙的肌肉之下伴隨著意圖成為支配者的瘋狂。但孩子柔嫩的肌膚與透明的血管之中，卻不可能藏有任何欺瞞。

隨著女兒日漸茁壯，瑛任使越是粗暴地拒丈夫於千里之外。握有家庭主導權的她，輕易就能控制丈夫衝動的性慾。既然這副身軀被宣判為不毛之地，和睦家庭這個目標也早已實現，她連最後一絲期待都徹底放棄。每當丈夫不時貪圖她的身體，就會引發她劇烈的頭痛。對於性愛關係是為妻子的義務這種主張，她不屑一顧——憑什麼女人要將自己的身體交付給他人？然而那個年代，仍是守舊的大男人觀念掛帥，將妻妾成群視為一種浪漫。

她雖然憤怒，卻也並未積極反抗。每每在女性雜誌上看到各式各樣關於性高潮或性歡愉的報導，她總是嗤之以鼻。愛情本是一種抽象觀念，那些將愛情神聖化的人雖然叫人心寒，但露骨地煽動肉慾、甚至以此為業的人，也令她不以為然。

每當喝醉酒的丈夫在凌晨摸索著她的身軀，總會讓她寒毛倒豎。她躲開床鋪，半躺半臥在臥椅沙發中，詛咒著男人愚蠢的慾望。客廳的牆面上置放著丈夫從報社裡帶回來的書。那些大多是由出版社寄來的書籍，仲勛只確認過書名和作者，就直接擱在了書架上。他甚至用不著看書，只要耍耍筆桿子也能寫出一篇篇書評。眼見他在出版界的影響力日益擴張，瑛任也不由得苦笑。

仲勛根本不是憑藉自己的實力考取大學。那是竊取他人天賦、以不正當手段不勞而獲的成果。儘管如此，丈夫也真有本事堅持下來，不，實際上他甚至做得更好。男人對妻子的肉體反應漠不關心，卻設法看穿了人們的心靈，給了他們心中渴望的東西。偶爾讀到丈夫執筆的報導，她總不禁懷疑自己是否被他蒙在鼓裡。文章裡沒有流露出丈夫世俗的慾望，他在行文間用晦澀難解的專門術語將論點打散，打破真實與虛假的界線，讓世界變得混亂不堪。瑛任瞧著如通天塔般越疊越高的書籍墳場，腦中一陣暈眩。她感到胸口發悶、反胃作嘔，連食慾也消失得無影無蹤。

她盼著智芸從學校返家。十歲的女兒如花蕾含苞待放，準備蛻變為女人。瑛任熱愛讓智芸坐在副駕駛座上、載她前往補習班的時光。智芸像隻幼雛，會將學校裡發生的一切全說給媽媽聽，握著方向盤的瑛任總會露出幸福的笑容。相反地，如果女兒回家的時候悶悶不樂，她自己也有如患上憂鬱症的患者一樣，痛苦難耐。

接連好些天，她總覺得消化有礙，便去了趟醫院。但即使她服用了一週的處方藥，暈眩和消化不良的症狀依舊沒有消失。對於繼承了健康的體質、從來不曾為小病小痛困擾的她而言，這事很不尋常。她覺得渾身乏力，再小的事都令她神經緊繃。

內科醫生建議她去婦產科就診檢查。瑛任坐在診療椅上，不安地憂心自己毫無用處的子宮是否長出了惡性囊腫。疾病是魔鬼的惡作劇，眼紅她的幸福，她害怕會患上什麼不治之症，讓一切幸福都化為泡影。

一開始，她聽不清醫生在說些什麼，像是有把刀刃扎在身上，讓她渾身顫抖。

她懷孕了。這簡直是天方夜譚。瑛任霎時想撲上前去勒緊醫生的脖子尖叫出聲。但實際上，從她口中迸出來的話語卻是截然相反的感嘆。

「啊，我真的懷上孩子了嗎？醫生！」

仲勛很愛自己的妻子。即使是以寫作為業的他，要用言語描述這位自尊心強大的女人的魅力所在也不甚容易。這個女人的外貌不算出眾，內在性格也並不突出，卻能以一種獨特的氣場吸引身邊的人們。只要與她交談，人們總會被她獨有的樂天氛圍給同化，為毫無根據的期待感興奮不已。

瑛任給了他希望，也傳遞出積極的訊息。仲勛很依賴這樣的妻子，他也很滿意二人在海雲台海邊結成的主從關係。在他人看來，那或許像是一番投降宣言，但他卻將自己視為勝利者。懂得在生活上開源節流的女人所在多有，但能夠扛著債務購入房地產，在短時間內將財產翻上兩、三倍的妻子，卻是打著燈籠也找不著。在艱險世道上走跳，這個女人從不畏縮，但除此之外，她卻意外地天真，面對性事她單純稚拙。

在仲勛眼裡，以性愛關係為基礎的夫妻生活並沒有太大意義。他拒絕自由戀愛這種行徑，並透過婚姻中介，身體力行地為社會秩序的再生產奉獻一己之軀。婚姻制度的價值在於社會穩定，有了婚姻這一手段，才能防止個體陷入破壞共同體秩序的慾望。

透過婚姻，青年能夠除去感情用事和暴力的傾向，並順應老一輩建立起來的秩序。對於失去信仰的現代人而言，配偶和子女就是新的神祇，被賦予了無所不能的權能。仲勛厭惡那些背離了神的關愛與家庭和諧的單身主義者，他們無視既有秩序，全被感染了革命思想。

獨裁者的出現是無可避免的歷史發展進程，妻子的受孕也是婚姻生活中發生的一場革命，意味著舊體制的崩潰。從妻子子宮中誕生的孩子，是個男孩。

對青年而言，一九八〇年代是苦痛的時期。但對於這對夫婦來說，那是一個保障了繁華與和平的美麗年代。不知不覺間，仲勛已經扶搖直上，成為能在報紙上書寫專欄的有力人士，在燃燒瓶漫天亂舞的時代裡，他發表了一篇堪比《啟示錄》的社論。

往日的意識形態形勢險峻，歷史即將宣告它的終結。在二十世紀得勢的法西斯主義，將隨著納粹希特勒的沒落而消失，如野火般延燒的共產主義幻夢，也將在不久的將來，伴隨蘇維埃鐵幕的解體，黯淡退出歷史的舞台。

人類剩餘的唯一理念，就是飄揚在全世界的自由主義大旗。為對抗公眾之敵，民主主義與資本主義是人類最後的神殿。自由主義有如神的慈悲，將為我們誕生於未來的兒女送上無限的榮光。若未能預見此一發展，試圖逆轉歷史的齒輪、將一切倒回過去的那些人，應以國民的名義予以嚴懲。

那一年，仲勛抱上凝聚了純粹自身基因的兒子，還獲得新的軍政府授與的「年度記者獎」，可謂雙喜臨門。

然而，慾望宛若蛇蠍。自從開始給兒子哺乳之後，瑛任就看不慣智芸在她跟前晃悠——女兒只是個礙手礙腳、不可靠的存在——因為直至她將兒子抱在了懷裡，她才察覺女孩身上的劣根性。男孩打從一出生就很壯實。每當她發現自己的臉龐，有如畫中畫一般陳列在孩子寬大的臉蛋上，她總不由自主地發出感嘆。那是從宗子家領來的養女身上不曾發生的奇蹟。

瑛任開始在智芸的臉上看見女人假惺惺的輪廓。一旦五官和骨骼站穩了腳跟，智芸便逐漸展現出生物學上的母系特徵。智芸不是自己的女兒，連基因都未能遺傳的孩子如何能成為她的女兒，令她感到混亂萬分。

『那孩子是怎麼變成我女兒的？』

瑛任詛咒著自己做出的荒誕選擇。智芸是她厭惡的婆家人的一員，上了國中的她，臉上甚至隱隱約約閃現出婆婆惡毒的眼神。

「歹毒的女人！」

那是瑛任餵著奶昏睡過去，在半夢半醒間吐出的囈語。當時，是連產後憂鬱症這個病名都尚未出現的年代，而她還是名高齡產婦。在那個年代裡，媳婦在田壟溝壑裡分娩產子，爾後還能舉起鋤頭除草耕耘的故事，如同美談佳話般為人稱頌。瑛任痛恨散布這種荒誕流言的婆家人，也討厭智芸的親生母親，因為自己能生孩子就在她面前耀武揚威、自居尊長。她更看不慣那女人的德性，壓根擺脫不了一輩子買不起房的命，卻能躺在公寓的客廳裡作威作福。

這一切，全是她從那個家裡帶回來的ㄚ頭造成的——瑛任的憂鬱症日復一日更加嚴重。

「要不要把姪女從鄉下接過來？帶來幫忙燒飯做菜、洗洗衣服，讓妳好好休息。以我們現在的條件，也請得起幫傭了吧？」

為了安慰悶頭躺倒的瑛任，仲勛提出了可行的提議。瑛任憶起清道鄉下遠親的孩子，露出些許笑意。那孩子手腳不利索，偶爾讓人有些鬱悶，但對長輩來說仍是個善解人意的孩子。如果帶她來家裡打打下手，肯定很有幫助，現在那孩子也差不多是上高中的年紀了。但想到這兒，她的腦中卻突然浮現一個絕妙的點子。

「你瘋了嗎，花錢那麼大手大腳的。智芸那孩子也到了該做做家務的年紀了，一直以來，我們家讓她不愁吃不愁穿，現在她也該盡點責任了吧。」

仲勛當時沒能理解妻子在說些什麼。後來他漸漸明白，妻子的話並不是在開玩笑。

他拿著菸盒走到陽台上，夏日傍晚，被夕陽暈染的江水正在流淌。

女兒已經長大成人，不會為了幫忙打點家務這種事責怪妻子，仲勛是這麼認為的。為了父母、為了年幼的弟弟，她理應能做出這點程度的犧牲。光是沒把她送回兄嫂家，就已經是妻子發了善心。

瑛任是個聰慧的女人。每當送孩子出門上學的時候，她總會細心關照孩子的衣著。光看外表，智芸的生活似乎沒有任何改變，不僅是老師、就連同班同學也無人察覺，她仍然是那個富裕中產階級家庭的孩子。變得沉默寡言和眼底的陰霾，被當作是青春期女學生正在經歷的成長之痛。況且，在智芸身上，外貌上的轉變蠱惑了人們的視線，奇異的是，內心的混亂反倒使她的臉蛋和身形變得更加標緻。

仲勛渴望著歡愉，但他並不認為愛情和魚水之歡必須保持一致。愛情不過是不完整的情感，引發一時的狂風呼嘯而過。男女之間火熱的愛情像掉進了冷卻水中的鋼鐵，迅速失去熱度，即使是持續性的肉體接觸也無法擊退倦怠。從這層意義上來說，他欠了妻子的債。瑛任認為性愛是不愉快且不衛生的行徑，妻子那偏執的想法，給了他富饒的自由。

縱使在結婚之後，仲勛也定期與各式各樣的女人維持著關係。他在舞廳或街上遇見她們，都是些愉快而安全的女人。仲勛給了那些女人想要的東西，送上玫瑰花束當作禮物，在床上長相擁抱，豎耳傾聽她們的故事。

職業上的脫序也是無可奈何的，一群男人聚會的場合總有女人在場，事實上，那些重要的決定大多都出自這種私人場合。不管從事哪一行，男人共同需索的東西只有一樣，要是沒了女人，男人間對話就會流於粗暴、神經質，直到三杯黃湯下肚，他們才會解除武裝，展開真正的對話。

在當記者的期間，他與數不清的風塵女子上過床，他也記不清其中任何一個女人的面孔。濃妝豔抹的女人看起來全都一個樣。仲勛待她們親切有禮，他是個紳士，尊重職業道德。

有些時候，倦怠與空虛也會找上門來，他在深夜裡離開旅館套房，對自己放縱無度的行為感到厭煩。對性愛的厭惡感滾滾翻騰，折磨著他，直到返回家人熟睡著的家中，他才能恢復正常的呼吸與思考。仲勛認為自己是個守舊、極度保守的人，他想要一個和樂的家庭，不擾亂道德秩序、對社會做出貢獻。他注視著背對自己躺臥的妻子，這般尋思著陷入夢鄉。

上了國中的女兒智芸陷入不幸，這一點讓仲勛耿耿於懷。妻子獨愛兒子智浩。在重男輕女觀念根深蒂固的韓國社會，瑛任的態度尚不至於受到指責，但妻子對智芸充滿嫌惡的眼神卻令人難以忍受。他不能理解，她怎能一句話就斷然將這可愛的孩子變成了一件廚房用品。眼見女兒的臉龐日漸陰鬱，他惴惴不安，這小丫頭的不幸似乎就要吞噬整個家庭的幸福。為了安慰智芸，他瞞著妻子暗中窺伺著機會。

那一年，夫妻倆忙著在清道興建小別墅。為了避暑，瑛任要和娘家人一起去趟夏日旅行。她藉口智芸還得幫忙做晚飯，沒有帶女兒出門，仲勛則推託自己請不了假，留在了首爾。這一個星期之間，只有父女兩人一塊吃晚餐。智芸好似已熟悉了廚房裡的工作，嫻熟地做好一桌子菜。仲勛看著女兒端出自己愛吃的牛肉湯和韭菜煎餅，心中暗自欣喜。

三天後，他向公司請了假。那天下午，他沒給家裡打通電話就逕自下班回家，本打算開車載上智芸，一路直奔東海。但當他打開玄關大門、走進客廳，家中卻悄無聲息。他四下環顧，望見散落在浴室門前的連衣裙和內衣。門的另一頭，隱約傳來蓮蓬頭淅淅瀝瀝的流水聲。

他拾起女兒的內衣。那是件沒有任何裝飾的普通素面胸罩，不知是不是從市場上買來的，東西雖是新的，但線頭卻已經鬆脫了。瑛任顧慮他人的目光，從來不會購買廉價衣物——妻子畢竟是百貨公司的VIP顧客。

一時間，他怒火中燒。到底憑什麼理由如此厭惡孩子？他想猛然推開浴室的門，將那副受到冷落的身軀一把擁入懷中。他想帶她到海邊，讓孩子看看燦爛的陽光，相約美好未來。

但他為何沒能這麼做呢？

他一輩子也忘不了那天午後，手裡握著女兒的內衣，聽著滴落在磁磚地上的水流聲，激動不已的自己。

恍如命中注定，那是他初次撞見地獄之門。他徹底忘卻守在門前的凶狠惡犬，為了前往女孩哭泣的所在，推開了門。

＊＊＊

一九九〇年深秋，林中落葉層層疊疊。政宇走在前往商學院本館的小路上，沁涼的空氣徘徊在已經褪色的林木之間，他呼吸著那涼爽的氣息。

最後一節課是經濟學的主修科目。學生們三三兩兩地聚集在教室裡，互相交流著作業的內容。老教授遲到了五分鐘，他向眾人道了個歉，便以「勞動階級與韓國的資本主義」為題，開始授課。眼見學生們無法專注在課堂上，他停止講課，抬眼望向窗外的秋日長空，天空湛藍得眩目。

「等到明年，我就不在這所學校了。我雖然不害怕退休，但也無法確定，至今的我是否過著有意義的人生。所以我預期，未來會比此刻更混亂一些。各位怎麼看呢？對各位而言，人生有什麼意義嗎？」

由於這不是個提問，學生們也沒有回答。

老教授微微一笑，學生們也跟著笑了起來。政宇思忖著這個問題。我的人生中，發生過什麼具有意義的事？縱使意義不明，但他確實擁有兩個無法抹滅的幼年回憶。那記憶就有如窗外的蒼穹，清澈而透明。

夏日炎炎的南海[21]，那應該是七〇年代的某個夏天。一個少年正獨自在海邊堆建沙堡。假期間未修剪的長髮垂落到脖頸間，看上去像是披了一頭海草似的。在海岸邊，海蟹吐出的泡沫像是鈴蘭花般，散落各處。

少年舉起攪亂了沙灘的手，權充遮蔽陽光、望向大海。兩名身穿艷黃與粉紅色比基尼的女子奔跑著跳入水中，濺起陣陣水花。他望見她們飄揚的長髮和鵝卵石般光滑的背脊。海水蕩漾在她們的腰間，快樂的尖叫聲也隨著浪濤推送而來。每當海水沖刷上比基尼的上衫，女孩的聲調也跟著飄高，少年的心跳如洪水般加快了速度。

女孩們的笑聲和蜷縮在松樹林腳下的樹蔭，晴空裡蓬鬆的棉花糖雲和沙堡旁散落的海螺殼，都如鐵水般融化，吐出蒸騰的熱氣。男孩晃了晃腦袋，低頭看向自己的腳。在水氣都烤乾了的三角底褲之間，密密麻麻地嵌著銀珠似的沙礫。他陷入幻象之中，彷彿倏忽望到了未來。未來比那一望無際的沙灘、以及越過海平線之後的大海都更寬廣，壓倒性的巨大。接著少年失去意識，昏了過去。

一睜開眼，映入眼簾的是急診室裡刺眼的燈光。穿著短袖襯衫的父親，正用手掌替他擦去額頭上冒出的汗珠。少年抬眼望著為醫藥費擔憂的貧困父親，流下了眼淚。

「沒事，只是中暑了。」

父親的嗓音低沉而溫柔。少年坦言自己在海邊看見了天使，護士和父親一同笑出了

21 位於韓國慶尚南道沿海的行政區，幾乎全由島嶼組成。

聲。他們的身影一消失，少年就再度閉上雙眼。

那一年，他升上了小學。他回到家中，只見父親穿著皮鞋坐在檐廊的地板上，雙手緊握著巨大的檀木十字架，虔心祈禱。過後他站起身來，拉起少年的手就走出門外。

他們大概是坐上了公車。他心想著，倘若時間就此靜止，他或許會因為大人們吐出的香菸而窒息也說不定。下了公車，他們穿過狹窄髒亂的巷弄，爬上陡峭的上坡路。雖然掌心直冒冷汗，但他卻無法鬆手放開大人像套索般緊繃的手掌。

他們走進一座由倒塌的磚瓦胡亂堆疊而成的瓦房小院，父親毫不客氣地推開了幽暗廂房的拉門。透不進光的屋裡，一個穿著內衣的女人躺臥在棉被上，散亂著一頭濃密的髮絲，嬌小的臉蛋腫脹著。

那是母親。抬頭一看，只見一名頭髮向後梳得光潔油亮的男子，正縮在角落裡穿著褲子。剎那間，父親的咆哮和母親的驚叫響徹了春日陽光暖意融融的院落。掛在曬衣繩上的髒衣物，像戰場上的旗幟般隨風翻飛。

「賤女人！妳這妓女！骯髒的妓女！」

少年還太小。對孩子來說，世界是座探不著底的幽深水塘。話雖如此，他仍然能夠理解，父親為何要帶自己來到這個陌生的社區。

兩個記憶之中，只有一個是真實的。是事實，另一個則是虛構。政宇無法判斷什麼是實際發生過的事情，什麼是幻想的故事。隨著臆想與虛假的雜質介入，記憶成了一幀規模龐大的拼圖，遺落諸多碎片。

最後一堂課來到尾聲。老教授結束授課，一直等到學生們全都離開教室。政宇向教授道別，衷心盼望這位初老的男人能幸福度過退休生活。

離開商學院本館之後，政宇走向鄰近的林蔭道。位於學生活動中心前方的廣場，是爆發著脫序噪音和破壞行徑的解放區，懸掛在建物側面的巨型畫布上頭，武裝勞工繫著紅色頭帶、向下俯瞰著柏油鋪設的廣場。

今天沒有集會，民主廣場被一群投擲籃球的男學生，和觀望著他們的女學生所佔據。只要抬起目光望向學生活動中心後方的樹林，就能看見由天主教財團經營的教堂尖塔。宣告彌撒的鐘聲，早已被學生們呼喊團結鬥爭的集合口號給蠶食鯨吞。政宇想找個僻靜的樹蔭坐下來放鬆思緒，用涼爽的空氣沖刷草莓舌發作的口腔。

正當他穿越籃球場，要踏上進入樹林的階梯入口時，兩個男孩像幽靈般憑空冒了出來，攔住他的去路。滿身高價名牌的兩個人，都是和他同系的新生，也是在迎新會上就碰過面、一起玩鬧了整晚的熟面孔。他們帶著意味深長的笑容，向他提出了意想不到的提議。

兩名新生一走出校門就叫了計程車，政宇也跟在他們後頭。搭上計程車的他，因為窗外的風景屢屢分神。車子越過聖水大橋，在十字路口左轉的時候，他曉得離目的地不遠了。坐在前座的勇宰一掏出錢包，計程車司機就煞停了車。下了計程車的政宇抬頭望向眼前方正的百貨商場建築。此處是狎鷗亭洞[22]。

「哥，女生想要的很簡單，讓她們心癢難耐，引發她們的興趣就行了。」

一抵達自己居住的社區，學弟們就彷彿變了個人。他們帶著自信滿滿的笑容，將學長帶到陌生的場所。那是一家價格高昂的咖啡廳。政宇對自己身上髒污的軍用上衣和有破洞的運動鞋很是在意。

「哥是不是很不習慣這種氣氛？」勇宰向他眨了眨眼，說道。

政宇環顧著四周，室內的天花板挑高得像是文藝復興時期畫家們繪製的作品，整體裝飾成現代化的極簡主義風格。燈光宛若歌劇舞台上的聚光燈，不時閃爍著。熟悉了黑暗之後，事物的輪廓就逐漸變得清晰，間接照明由裸露的清水模反射出來，四下映照出女人的四肢，恍若某種外星生命體似的。

勇宰把政宇帶到一個與外頭隔絕的角落位置，彷彿是座秘密森林。那兒有三個女孩正在等著他們。雖然勇宰舉起手、愉快地向她們打了招呼，卻沒有一個人露出笑容。女孩們濃妝之下的眼神，流露出對陌生入侵者的好奇和敵意。

三個女孩並排坐在對面的沙發上，視線全都射向了政宇。面對這出乎意料的情況，他感到些微燥熱。女孩們的臉孔像是朝螢光彩妝裡頭潑灑了顏料的畫作般淫亂不堪。當服務生送來了勇宰點的飲料，氣氛才逐漸緩和下來。一端起茶杯，掠過鼻尖的不是咖啡的氣味，而是一抹威士忌的香氣。發苦又帶著酸澀的液體讓政宇皺起了眉頭。那些將身子埋在沙發裡的女孩，這才覺得眼前狀況很有趣似的，笑了起來。

政宇看見對面坐著一個身穿藍色連衣裙的女孩，她的性格似乎很活潑，臉部和身體的動作都帶著律動感。清爽的眼型和厚唇，凸顯出那對涼冷的黑色瞳孔，形成鮮明的對

22 位於首爾江南區，近年發展為韓國著名的購物區，主要販售高價精品。

比。坐在中央的女孩始終面帶微笑、有著可愛的酒窩，她的目光固定在聚會的主持人勇宰身上。

在她身旁坐著的另一個女孩，未施脂粉、面無表情，一身T恤和牛仔褲的尋常打扮，在三人之中也最不顯眼。或許是因為朋友們都是大學生，而自己卻是名重考生的緣故，她散發出一身孤零零的氣息，就連勇宰抖著包袱、逗笑眾人的時候，唯獨她迴避視線、瞥眼望向他處。政宇一眼就在她美麗的眼瞳中望見難以言喻的悲傷陰影，只要注視著她，便會感染到一股微妙的孤獨感。

勇宰和坐在中央的女孩主導著席間的對話。藝人的私生活、時尚、美妝產品、汽車、電影和體育等等，對政宇而言都是些格格不入的主題。聊著聊著，女孩向他拋來一個提問。

「在大學四年之間，歐巴你真的都沒有交女友嗎？」

歐巴這個陌生又親暱的稱呼，政宇受到一股新鮮的衝擊，學妹們也都只喚他政宇哥或學長。政宇認為，自己沒有戀愛經驗這個事實，在這裡可能會成為笑柄，因此並未立刻回答。他的沉默讓氣氛再度冷卻下來。勇宰向穿著短裙的女服務生招了招手，桌子立刻被充滿異國風情的酒精填滿。在白天嘔吐過後，青年什麼也未能入口，濃郁的牙買加蘭姆酒像是要塗抹青年的五臟六腑一般，順滑地下了肚。

「政宇哥跟我們是不同的。」

聽見勇宰這麼一說，穿著連衣裙的女孩眨了眨眼，流露出好奇的神色。

「有什麼不一樣？」

「妳看不出來嗎？哥肯定覺得我們都很可笑。」

女孩一臉難以置信的神情，半張著嘴盯著他直瞧。

「妳們八成都想像不到哥入學考試的成績，未來也會成為永遠的傳說，被保存在我們學校的行政處室。此刻在妳們眼前的可是一名天才，與平凡的人類有著天壤之別。他讀書的時候，能像照相機一樣拍下圖像，將文本全都儲存在大腦之中。但不幸的是，政宇哥拒絕接受上天給他的才能。哥現在擔任什麼職務？反戰反核運動[23]委員長，對吧？」

「哇，反對什麼戰爭？還有，像相機一樣幫書拍照又是什麼意思呀？」

政宇沒有回答，他覺得即使耗費時間說明，這主題也超越了他們理解的範圍。平

23　由於美國扶植全斗煥政權實施獨裁統治，在一九七〇年起民主化運動逐漸頻繁的韓國引發全國性的反對聲浪，一九八六年左右，學生與知識份子間產生反美情結，開始推行反戰反核反美運動。

時，他對學弟妹們都很親切，只要有人提出疑問，在所知範圍內他都會推心置腹地如實以告。但像今天這樣的場合，輪不到他出頭。他藉口要去洗手間，起身離開座位。他在洗手台上洗了把臉、漱了漱口，看著鏡子裡自己的臉孔。不知是否因為微血管破裂，他的眼白絲絲泛紅。

答應這場邀約是他的失策。根本不存在什麼魔法，能讓那些敏銳的白富美感到心動，今後也不可能出現那種奇蹟。

他打開洗手間的門，徑直從一旁緊急出口的階梯走出店外。其餘孩子們的談笑聲如幻聽般在耳際迴盪，他臉色蒼白地上了公車。

車上的乘客只有他一人。政宇坐了下來，將額頭抵在車窗上，俯視著在路燈下奔流的江水。

媽媽，我給每一顆星星都起了美麗的名字，小學時曾經同桌的孩子的名字，和佩、鏡、玉這些異國少女們的名字，和已經成了母親的女孩們的名字，和貧苦鄰居們的名字，和鴿子、小狗、兔子、騾子、小鹿，還有弗朗西斯・雅姆[24]、萊納・瑪利亞・里爾克[25]這些詩人的名字。[26]

年輕時的東柱[27]學長改寫了詩人白石[28]的詩，完成美麗的詩作。回想著在咖啡廳裡遇見的女孩，政宇試著將她們的姓名放入詩中，恩希、仙英和智芸。

> 媽媽，我給每一顆星星都起了美麗的名字。……希、英、芸這些富家少女們的名字，和貧苦鄰居們的名字，和鴿子、小狗、兔子、騾子、小鹿，還有米哈伊爾・巴枯寧[29]、威廉・莫里斯[30]這些革命家的名字。

這完全是無謂之舉。沒有月的夜，他心中的波瀾蕩漾、都是那橋下流淌的幽黑江水造成的。像個對異國世界心懷憧憬的少年，政宇預感到自己不會輕易入睡，闔上了雙

24 Francis Jammes，1868-1938，法國詩人，又譯「耶麥」。
25 Rainer Maria Rilke，1875-1926，出身奧地利，為重要的德語詩人。
26 出自韓國詩人尹東柱詩作〈數星星的夜晚〉。
27 윤동주，1917-1945，詩人、獨立運動家，韓國近代民族文學的代表性人物。
28 백석，1912-1995，北韓詩人。由於其北韓背景，作品早期曾被南韓禁止傳播。
29 1814-1876，俄國革命家、思想家，被視為無政府主義最具影響力的人物之一。
30 William Morris，1834-1896，英國藝術家、詩人，受無政府主義影響成為社會主義活動家。

眼。

＊＊＊

陽光穿過落地的玻璃窗，照耀著地毯上的向日葵。地毯上錯落擺放著一雙墨綠色的平底鞋。漢娜靠坐在皮質椅子上，翻看著二〇二二年《藝術家》上一期的月刊，忽然感到臉頰一陣燥熱。那是採訪西洋畫家徐延珠的報導。

我曾經聽說，有人聽到我和很多男人做愛的事就會吐出來，那些人是不會理解的。就算人們看到我的畫作就感到噁心，我也無可奈何。我想從慾望之中抽離，我決心和慾望正面對抗。我的結論是，若不能理解自身的慾望，就無法理解我所愛的男人的慾望，更無法準確地繪製出我眼中所見的世界。

說我輕率也好、放縱也罷，但我透過這種方式逐漸接近事物的本質。我遇到的大多數男人都擺脫不了冷漠、傲慢、自視甚高和病態的羞恥心，若從遠處旁觀，這些看起來就像沙灘上流動的水沫一樣毫無意義。

但只要我稍稍拉近距離，就會察覺他們掩藏著深刻的傷痕與苦痛。他們只是些孩子，渴望鼓勵和讚揚，就像獨自堆著沙堡的少年一樣。沒過多久我就明白，那些脫光衣服上了床的男人大部分都在恐懼中顫抖，在他們之中，有肌膚柔嫩的男孩，也有頭髮脫落、彎腰駝背、漸漸老去的男人。我想安慰他們，為他們加油打氣。在不知不覺間，始於憎恨與憤怒的報復行動變得有如一則童話，才讓我得以擺脫慾望。使我意識到，我不再厭惡男人了。

藝術家喝了口水，抬起目光。她美麗的面容和優雅的動作，使注視著她的觀眾為之著迷。一位在藝術品拍賣會上斬獲數億元競標價格的藝術家端坐在他們眼前，彷彿只要伸手就能觸及。

「平凡男人的肉體並不美麗，但他們身上，藏著我們有所不知的秘密。」

想起她口中所說的無數男人，漢娜感到一陣頭暈目眩。在她的繪畫作品前感受到的混亂，根本不能與這暈眩感相提並論。人們往往將愛情、性愛和婚姻劃上等號，她的作品則講述了這些人的悲劇，她能夠理解，為何這一系列抽象作品會成為她的代表作。

辦公室門外傳來腳步聲，同事們手中捧著的咖啡香氣吹散了她的思緒。漢娜闔上雜誌起了身，穿起脫在地毯上的墨綠平底鞋，開始下午的工作。

＊＊＊

當勇宰跑到學生活動中心的地下室來找他的時候，政宇注視著他的眼神，就像在打量著一個陌生人。

「哥還記得吧？坐在哥斜對面的那個女生？她好像對你很感興趣喔。」

政宇回顧著記憶，她是三個女孩之中那名沉默寡言的重考生。政宇鎮定地點了點頭，並且解觀察周圍，查看是否有人在偷聽他們的對話。

隔天午後，他再次在狎鷗亭洞格樂麗雅百貨公司[31]前和勇宰碰了頭，女孩們如同先前，已經抵達咖啡廳等候。勇宰刻意讓政宇坐在重考生女孩的對面，她和上回一樣素著一張臉，穿著普通的T恤和牛仔褲。

政宇不經意地轉過頭來，望向用亢奮的音調主導著對話的女孩。那是在上次聚會裡穿著藍色連衣裙、坐在自己正對面的女孩子。政宇一與她四目相交，瞬間就看穿了事態的本質。那女孩的想法與他不謀而合，幾可說是同病相憐了。她因為身旁這名衣著樸素的女孩感到不安，儘管臉上塗了誇張的睫毛膏和華麗的粉色口紅，她仍對自己的美麗有所質疑，不斷瞥眼看著坐在身旁的友人。政宇承認自己的判斷出了差錯。邀約自己的人，並不是平凡的二十歲女孩。

當天午夜，學生們朗讀了匆促寫就的宣戰書，衝入敵營，燃燒瓶的炙熱火焰震撼身心。在突襲示威驚動了一干警察、忙著用滅火器撲滅派出所外牆上的火勢時，政宇和同伴的學生們齊聲喊起口號。學生們手裡的鐵棒嚇到了覺還沒睡醒的基層老刑警，連忙給上級打了電話。當時的他，正因違反集會示威法遭到通緝，因此他今晚的行動近乎意氣用事。

自從還是新生的他參與了一九八七年六月抗爭[32]之後，他以示威隊先鋒隊長之銜，領導了校內外的暴力示威，他激進的行為使他成為轄區警察局武裝中隊的目標。暴力如波濤般強烈。浪濤越是洶湧，海岸的景色就逐漸改變。外部襲來的風暴侵蝕了他的內心

31　Galleria百貨公司，成立於一九七〇年代，是韓國最大的高端精品百貨之一。
32　一九八七年六月，韓國爆發大規模的民主抗爭，又名六月民主運動。

和意識，什麼都改變不了的絕望感，使他陷入厭世的世界。

一回到獨自居住的出租套房，疲憊就排山倒海而來，但今晚攫住他的惡靈卻是從另一個次元闖入的不速之客。政宇閉上雙眼，腦中浮現在咖啡廳見過的女孩面孔。她不是現實中的存在。她看起來就像是從某個陌生之地、從無法抵達的未知世界中湧現的光芒。

大夥分開的時候，她主動和他握了手，他的掌心依舊殘留著餘溫。他驀然想起在咖啡廳裡發生的事。那時，女孩們說要去洗手間，離開了座位。勇宰躲在打火機的火焰後方，快速地耳語道：

「智芸那個女生，肯定到現在都還沒被男人碰過。哥睡過之後再跟我說說感想啊。」

政宇用輕快的步伐迎接週六的到來，他換掉髒污的軍用上衣，穿上整潔的毛呢大衣。他打量著在十字路口對面等候交通號誌的人們，望見一個女孩的身影散發出強烈的氣息，好似鏡面折射出來的陽光。那是智芸。在氣溫回升的晚秋午後，她看著穿了一身冬季大衣的政宇，露出微笑。

「哥哥，不會熱嗎？」

他心口怦怦直跳。

「我們要做什麼？」

政宇垂眼望向智芸的運動鞋和襪子，潔白得好似用漂白劑清洗過。小腿和腳踝都很纖細，卻能感覺到和同齡孩子不同的力量。一抬起頭，只見她一頭濃密的黑髮束成馬尾，像科學實驗室裡的振子般晃動著。

「這種事通常不都是由男生來計劃的嗎？不過，是我主動找你出來的，那也沒辦法了。」

他思索著合適的玩笑話，腦中卻一片空白。肚子忽然咕嚕咕嚕一陣作響，原因是他太過興奮導致吃不下午飯。

「好，那我們就去吃炸醬麵吧。」

兩人穿越羅德奧大街[33]，走進餐廳與雜貨店密佈的市場巷弄。

市場裡頭的中華餐館沒有太過講究衛生，服務員也帶點適度的不親切。

智芸點了炸醬麵和煎餃，開口問道：

33 位於首爾江南區狎鷗亭洞，自九〇年代起就是韓國最具代表性的流行街道。

「白天先來小酌一杯？白乾怎麼樣？」

中華餐館特有的氣味與她溫柔的嗓音莫名地和諧。政宇首度露出一個乾澀的微笑，看著坐在對面的女孩。

「不用勉強也沒關係，如果妳想喝的話，就喝一杯吧？」

他的嗓音柔和且平易近人。政宇脫下外套，面帶微笑凝視著智芸。她的眼瞳像深夜海中的燈塔般閃爍著光芒，蘊含著浪漫的謎語。

「接著想做些什麼？你有想要幹什麼嗎？」

政宇低頭看著空碗，搖了搖頭。

「那，就去我家吧。」

政宇抬起頭來，注視著智芸。

「怎麼了？會怕嗎？」

政宇觀察著走在自己身邊的女孩。白皙的肌膚被安全地包裹在昂貴的皮革底下，似乎沾染不了半點世上的黑暗和風波。體型纖瘦苗條，像是尚未發育完全的少女，乍看之下好似穿著裙子的固執男孩。每當她喇叭裙的裙襬掠過膝頭，政宇就會想起她前去歐洲旅行的富裕父母。歐洲旅行這個單字，有種瑞士巧克力一般香甜的氣味。

來到家中，一打開玄關門，一條毛茸茸的小狗便迎上前來，在腿邊又跑又跳，智芸開心地抱起狗狗摟在懷中。室內狹窄而黑暗。沿著走廊走沒幾步，擺放著餐桌的廚房就出現在眼前，可以看見隔著一道牆就是客廳和房間。智芸從洗手間裡洗了手出來，便將他帶到了客廳。光線灑落的客廳相對明亮，透過玻璃窗，能見到江水乘載著晚秋緩慢流淌的風景。政宇好奇地望向填滿整面牆的書架，從地面到天花板都滿滿當當地塞滿了書籍。

智芸的父親是知名報社的記者。政宇聽著，點了點頭。客廳中央擺放著巨大而華麗的花紋沙發，以及用厚實木料製作的桌子。智芸走向牆邊的書架，將唱針放上黑膠唱片機之後走了回來。

政宇剛在沙發上落座，智芸旋即坐在他身邊，說道：

「你喜歡華格納[34]嗎？」

從喇叭中響起的樂聲如雲霧般瀰漫在客廳下方。政宇雙手抱胸，一邊尋思著為什麼偏偏是華格納，一邊將身子沉進沙發裡。

34　Wilhelm Richard Wagner，1813-1883，德國作曲家、劇作家。

「哥哥想要的話，今天在這裡睡一晚再走也沒關係。」

智芸伸直了脫去鞋襪的腳擱在桌上，像提議打牌似的說道。那是種清澈透明的親切，不含半點不純的意圖，不是某個擁有富裕父母的女孩的性衝動。

女友空無一人的家，大而柔軟的沙發，甜膩的水果蛋糕，窗外流動的江水，可愛的約克夏，健康的光潔的腿，充滿好奇的眼瞳……，一切堪稱完美。但他仍沒有動彈，只是挽著胳臂，專注聆聽在耳邊低沉迴盪的交響樂。他既是紳士也是傻瓜。唱盤上的唱針啪地一聲，回到原位。

和別人一塊散步是特別的體驗。在江水上飄搖的冷風掠過髮梢，從光裸的腿間穿過。低空飛行的水鳥為了尋找食物，將鳥喙釘入水中。一看見此景，智芸旋即挽起了政宇的胳臂，動作極其自然。她指著水鳥說出的那句話，政宇耳中就連一個字也沒聽清。取而代之的是，女孩依附在他手臂上的胴體使他的身軀劇烈震顫，恍若電擊。纖細有力的手指和氣球般柔嫩的胸部，像嚴冬中的暴雪重壓著他，讓他體內的血液彷彿都被沖積到了一處。智芸沒有鬆手的意思。每當這種時候，他的身體就好似被放進了烤箱裡的麵包不斷漲大，膨脹到最大值。

「什麼嘛，每次都一臉嚴肅的樣子……，你有沒有在聽我說話呀？」

智芸帶著他去了百貨公司裡的生鮮賣場，在購物籃中裝滿了食品、上頭寫著無法辨識的外文。一走出商場，智芸又立刻勾起他的手臂。兩人將深秋的午後拋在身後，走回公寓。政宇感受著那份自豪，眼中注視著夕陽，卻沒有像在江邊那樣，激發出本能的衝動。頭一回，他對自己的慾望產生疑問。

『我想要的，難道不就是像這樣充滿感性的中產階級生活嗎？』

智芸站在流理台前，一邊穿上印有碎花圖樣的圍裙，一邊和他說著話。當她說「你等一等，我做義大利麵給你」的那一刻，他首度感受到成年人世俗的幸福。他學著智芸將海鮮義大利麵捲起來放入口中，政宇體會到他從不曾經歷過的自我分裂。客廳裡播放著瑪麗亞．卡拉絲[35]的歌劇，約克夏在兩人之間來來去去，舔舐著腳趾。當晚，他在一個如盛夏幻夢般的女孩家中入眠。

「噓！」

政宇睜開雙眼。

---

35 Maria Callas，1923-1977，美籍希臘女歌唱家，被認為是近代最具影響力的女高音。

「哥哥！」

智芸的手掌撫過他冰冷的臉頰。在輕薄的絲綢窗簾後方，江面映照出月光隱隱綽綽。政宇伸出雙臂摟住女孩，他一將手伸到胸前，她便將身體緊貼過來。她的唇瓣立刻覆蓋住他的呼吸。智芸抬起身子，率先脫掉罩衫、褪去自己身上的毛衣，接著反手伸到背後，解開了胸罩。政宇彷彿看見女人的身影從夜晚的海中打撈上岸，她的乳房嬌小而柔軟。智芸替他解開皮帶，他便抬起臀部脫去牛仔褲。政宇憶起午後華格納的旋律，激昂地敲響了客廳的地面。

直到智芸拿著短裙和胸罩走進洗手間，政宇仍平躺在沙發上仰望著天花板，舉著手掌在額梢和臉頰上感受著體溫。

像烈火般滾燙炙熱的身體，很快就像落入海中的鋼鐵般冷卻下來。雖然他想著這可能是自然的生理現象，心中的疑問卻盤旋不去。那是個凌晨時分，不，或許清晨的旭日很快就要升起了。

從洗手間出來的智芸熄了燈、回到房裡，周圍立刻又陷入黑暗。政宇起身套上褲子，穿好鞋襪。他走到玄關處，約克夏也跟了出來，哼哼唧唧地抬頭望著他。政宇彎下腰，伸手摸了摸小傢伙的腦袋。一推開門，冷颼颼的晨風撲面而來。

＊＊＊

漢娜搭上在斑馬線前等候載客的計程車。一坐上後座，她就用手掌拍了拍裙子，像是要甩掉什麼不愉快的穢物一般。

她剛結束展覽的會議，協同與會的贊助商一起參與慶功宴，事情就發生在餐會上。漢娜也很清楚，由年輕女性來服侍ＶＩＰ顧客這種事早成慣例。如果把這當作甲乙雙方之間的一般程序，斟個幾杯酒倒也算不上為難，畢竟所有人都認定，這是出大錢的投資人理所當然的權利。漢娜掛著微笑，查看男人的酒杯空杯的情況。

「漢娜小姐，今晚有空嗎？」

當時席間觥籌交錯，氣氛正融洽，桌底卻有一隻寬厚的手掌搭在了她的膝蓋上。

「妳不介意的話，我倆再去續攤如何？」

不過幾分鐘前，這男人還以自己女兒為傲，逢人就展示他儲存在手機裡的照片。漢娜環顧周圍，大夥兒都像約好了似的，熱衷於各自的談話。

那隻停留在膝蓋附近的手逐漸向大腿處蠕動。男人約莫五十中旬，是投資公司的董事，公司以怪異的英文新造語為名，往往讓顧客摸不著頭腦。在二〇〇八年美國爆發金融危機之後，他成功的故事一度成為話題，在業界中聲名大噪。

男人透過資本投資取得成功，躍身成為藝術圈中的大腕，所花費的時間短得超乎想像。他是速戰速決的好手。當他以一名坐擁鉅額現金的VIP收藏家身分聲名鵲起，業者便紛紛排起了長隊，企圖與他攀上關係。

憑藉著直覺，漢娜曉得一旦她在此刻甩開男子的手，那些年輕藝術家的作品就會有足足好幾年遍尋無主，埋沒在倉裡等著腐朽。館長和經理都篤信，他少說會在這次展會中投下數億元的賭注。

「我的意思是，籌備展覽肯定壓力不小，是該放鬆一下。待會我們一起去喝杯唐培里儂香檳王，祝賀這次展覽成功，怎麼樣？」

他喜歡將自己描述成一隻堅韌忠誠的珍島犬[36]，一旦認定投資對象，在轉虧為盈之前絕不會抽手退縮。這話就意味著，若要喝上那杯昂貴的香檳，就必須支付更高的代價。

男子的右手捧著混了威士忌的深水炸彈，此時，搭在漢娜大腿上的左手向後探去。臀部。好似誰也沒有發覺他微妙地將身子後傾著，又或者，只是大家都裝作不知情也未可知。

「會長大人，少喝兩杯啦。」

漢娜為自己口中吐出的話感到震驚。這簡直與老電影中出現的陳腐台詞沒有什麼區別。

大學畢業後，她以策展人身分工作了兩年。這經歷太微不足道，即使某天突然消聲匿跡恐怕也無人聞問。就算她現在立刻起身走人、讓數億元的投資憑空蒸發，就算遭到那些對金錢如飢似渴的年輕藝術家惡意批判，就算被營運團隊咒罵新進的策展人害他們全盤皆輸，全都不關她的事。倘若可以，現在的她只想將他的手腕折成兩段。

當男人的手終於微微勾起她的內褲縫線，像扯著橡皮筋一樣開起玩笑，漢娜下定了決心。正當她手持水杯，正要站起身來的那一剎那，一雙陌生的手輕輕摁住了她的雙肩，力道溫和卻沉重，好似液壓裝置的壓力機一般。

「會長大人今天看起來心情很不錯呢。」

漢娜和男人同時抬頭張望。那是美術館的簽約藝術家，白美香畫家。

「哎呀，白老師，好久不見了。展出時連個人影都沒見著，想不到卻在慶功宴上見

---

36 韓國國犬，生長於全羅南道珍島的純種犬，以忠誠顧家的品性廣受喜愛。

到了。」

男人偷偷摸摸地抽了手，接著伸出手來試圖和一旁的白畫家握手。情況急轉直下，漢娜只猶豫了片刻，白畫家已經不著痕跡地卡好位置坐了下來。漢娜糊裡糊塗地退到一旁的座位上。

「會長夫人別來無恙吧？多虧上次夫人給我送的紅蔘，才治好了我老犯鼻炎的老毛病。漢娜小姐近來如何？一切都好吧？」

白畫家向她眨了眨眼，又和他繼續攀談起來。張會長倏然變成一頭乖順的綿羊，露出空泛的笑容。或許他也會畏懼這位具代表性、曾以無胸罩運動[37]做行為藝術表現的女權運動人士吧。數月前，漢娜曾因她的展演中帶有厭男[38]色彩而發生過微妙的矛盾，因此私底下她總是盡可能避不見面。

「漢娜小姐，《月刊美術》的金記者也來了，妳是不是該過去打聲招呼？」

白畫家理所當然地說著，漢娜自然被催促著站起身來。

在她走向洗手間的途中，與會眾人酒酣耳熱，誰也沒有向她投以目光，只有投資公司的董事瞥眼窺看著她的背影。一站到洗手間的鏡子前，她就落下了眼淚。漢娜用紙巾抹去淚水，沒有補妝就走出酒店。

「露骨地將男人的性器描繪得渺小，只不過是厭男行徑，算不上藝術。」

她為自己過去對白畫家頂撞似的發言後悔不已。

下了計程車，在巷弄中浪蕩的凜冽寒風迎面撲來。她想起浴缸裡熱氣騰騰的水和溫暖的床鋪。當她按下商住公寓[39]的電梯鈕，她心跳加速，全身發抖。原因是那個寄生在自己的經濟能力之上的男人。一想到他，一股詭譎的恐怖感便一湧而上。沒有贅肉的寬闊肩膀，結實的肌肉，修長的體格，及堅牡的陰莖，她年輕的同居人正等著她回家。

「我真的愛這個男人嗎……？」

漢娜焦慮地渾身發顫。

＊＊＊

出租套房像座冷凍庫般冷得冰天凍地。一個穿著褐色毛料大衣的女孩從簡陋的拉門

37　Corset-free movement，二〇一八年在韓國發起的女權運動，主張女性對身體、穿著的自主權。

38　韓國的兩性對立問題極為嚴重，直至近年兩性議題與厭男、厭女傾向依舊時常被劃上等號，爭議時起。

39　Officetel，韓國的住宅形態，商務辦公與居住混用的單人公寓戶型。

之後現出身影。政宇睡得很晚，由於入侵者的出現，他才抬起頭來向門外張望。來人是智芸。

「我不會去念大學。」

從上午開始，大學街上二樓的茶館裡就傳出了還不到季節的聖誕歌曲。智芸用雙手捂著冒著熱氣的綠茶，垂眼看著街道上的車輛和行人。

「對不起，沒能先聯繫妳，這段時間我不太好受。」

「為什麼？怎麼了？」

智芸回過頭來盯著他說道。被鐵棍擊中後縫合的額角上，包紮的紗布都還留在上頭。

「妳不怕我嗎？」

「怕什麼？」

她的瞳孔輕微動搖。

「是因為我跟你睡了，所以你才這樣嗎？還是因為我不是第一次，所以你覺得我應該要請求你的原諒？」

政宇搖了搖頭。

「我只是擔心我會不會傷害了妳。先前令我難受的事情和妳沒有關聯。我覺得我已經全力以赴地戰鬥，卻還是失敗了。」

智芸的臉色有了轉變。那變化相當細微，恍若春日地表能感知到的溫度。他抱有一線希望，盼著柔嫩的枝椏上將綻放出花朵。但智芸卻超乎他的期盼。有什麼沿著她的臉頰淌落，她緊咬著下唇、拭去淚水。

「我還以為你是逃走了，因為我犯的錯拋棄了我。」

「我愛妳。」

智芸止住淚水，像是心意已決地開口道：

「我想殺一個人。你……可以幫我嗎？」

智芸側身躺著，將頭枕在手臂上睡著了。她的呼吸規律，臉蛋美麗得不現實。對他而言，在這麼近的距離看著他人的臉龐，感覺好似在觀看微觀世界下超現實的奇蹟，而自己對這女孩幾乎一無所知的事實，也讓他感到吃驚。她住在江南，是就讀美術大學的重考生，是養了一隻約克夏的二十歲女孩。光憑這些片面的資訊，根本無法徹底了解她。

政宇扭過頭來，環顧身周。按月繳交房租的套房[40]裡，只能看見生活鄙陋的痕跡。他的父母是從中產階級淘汰的失敗者，再過不久，自己也將走上他們的老路。

政宇將手掌輕放在智芸的臉頰上，瞬間感到一陣灼熱，像是將手放在火上似的。在並未睜開雙眼的狀態下，女孩的眼皮撲簌簌地痙攣。一拿開手，她的呼吸就漸趨平穩，顫抖也緩和下來。她睡得很沉，幾乎沒有意識。政宇曉得，那是發作的初期症狀，女孩本能地畏懼他人的觸碰，他能感覺到在她內心的混亂如風暴般漩湧、無法止息。

『我想殺一個人。你……可以幫我嗎？』

那並不是單純的比喻。究竟是什麼陷她於極度的不安之中？政宇用手帕擦拭著女孩，替她消解熱意，倏忽從女孩的身上感到無以抗拒的愛戀。

到了午後，外頭的溫度開始回升，他摟住了智芸。女孩從惡夢中清醒，恍恍惚惚地恢復了意識，鑽進他的懷裡。她淚如泉湧，不住哭泣，令他心痛不已。他像在哄著孩子般用低沉的嗓音說道：

「告訴我妳想殺的人是誰，我幫妳。」

轉眼，聖誕節的季節已經來臨。幾天後，他收到單方面的分手通知，智芸拋棄了政宇。在馬路旁，他收到最後的重擊。

「我說過我們已經結束了！不要再糾纏我了！」

智芸朝他尖叫，背過身、朝著公寓跑去，政宇只能眼睜睜望著她的背影遠離。傾訴愛意、約定未來，難道是個錯誤嗎？

從那天起，兩人就斷了聯繫。一週後，一封信送抵月租套房，簡短地傳遞了為彼此著想，他們應到此為止的訊息。

政宇流連在公寓周遭，努力想見她一面。他的心臟狂跳、呼吸凌亂，全然想像不到與一個女孩的別離竟會留下這麼深的傷痛。政宇像是做好了出征準備的士兵，卻收到突如其來的撤退命令，進退兩難地留在原地。

年末的跨年派對可能是機會。勇宰的嗓音快活爽朗。

「因為恩希提起哥的事，我這才想起來。雖然哥好像不太喜歡這種氣氛，不過和大

---

40 韓國租屋政策主要分為月租與全租，月租需繳交單筆保證金，並按月繳付租金；全租在租賃期間無需繳納任何租金，但簽約時的保證金可能高達房屋總價的五〇~七〇%，多數租屋族拿不出這麼大一筆錢，只能選擇較昂貴的月租方式。

家聚一聚，會很好玩的。」

雨雪紛飛的街道濕漉而淒清。刺骨的寒風盤旋在建築之間，撓抓著人們興奮的心情。穿過格樂麗雅百貨的十字路口，他向著人跡稀少的清潭洞[41]住宅區走去，咖啡廳和精品商店逐漸疏落，四周寂靜得鴉雀無聲，住宅外圍繞著高牆和厚重大門，有如城牆般一棟接著一棟。政宇神情漠然，走上坡道。

十來分鐘後，他終於看見他的目的地，是一幢有著紅色屋頂的別墅建物，這棟建築對稱得近乎怪異，一如外圍高聳的牆面般不現實。他沿著周圍轉了一圈，卻找不著入口。從它非同尋常的結構上，就能看出絕不允許外人擅自進入的意志。

他總算發現了經由地下車庫進入別墅的道路，疲憊不堪。停車場上，德國進口車整齊排列得有如一口巨大的木製棺材，警衛確認過訪客的身分，這才替他開了門。通往地面的階梯旁，光禿禿的玫瑰藤像鐵絲網般糾結纏繞。一按下門鈴，對講機裡就傳出耳熟的嗓音。

「政宇哥？你真的來啦？」

派對的參加者和他預想的有出入。共約二十名男男女女分散在屋內，其中還有看似一群公司職員的男性和未成年的女孩們。他們瞥眼看了看政宇，似乎絲毫不感興趣似的，專注於自己的對話。寬敞的客廳和廚房，有座露台的一樓和擁有眾多房間的二樓，甚至到書房和秘密的地下空間等等，人們散布在各處舉杯暢飲。

酒店走廊上播放著蕭斯塔科維契[42]的弦樂四重奏當背景音樂，與平安夜一點也不搭調。他看不到任何一個沒化妝的女人。男性都明顯相當注重衣著，大部分女性都穿著凸顯身材的連身短裙。化妝品和香水的氣味混雜了烈酒和香菸煙霧，刺激著他的鼻腔。他一打噴嚏，勇宰就咯咯地笑了出聲。政宇將手中端著的酒杯遞給了他，倏然起身離開座位。

他手拿一杯威士忌環視周圍，領悟到違和感從何而來。此處只有他一人出身清寒。厚重的窗簾外開始下起鵝毛大雪，卻沒有任何少年少女期盼著白色聖誕。他們個個都爛醉如泥，一直壓抑著慾望直到夜深人靜。從地下室直到二樓，政宇在每個房間兜兜轉轉，觀察著人們，為智芸並不在這一片混亂之中感到心安，接著藏身到視線難以觸及的

41　位於首爾江南區的行政區，為新興的富人區。
42　1906-1975，前蘇聯時期俄國作曲家，被譽為二十世紀最重要的作曲家之一。

角落裡。

「政宇哥，你這個人，好像真的有點特別。」

當時，他正躺在客廳的安樂椅中喝著威士忌。女孩聳了聳肩，猛地癱坐在紅色的波斯地毯上。她的表情說明，即使短裙被扯上來露出大腿，她也毫不在意。

「還是智芸比較特別？」

她叫恩希。不同於她華麗的臉蛋和身材，名字相當平凡，她也曾調侃過自己的名字。這已經是他們第三次見面了。

「智芸今天不會來嗎？」

「這個你怎麼問我呀？你不是應該知道嗎？」

這孩子究竟是認定了我是智芸的男友呢？還是在悄悄地試探呢？

「我也很好奇，因為她突然就斷了聯繫。那哥哥也沒有智芸的消息嗎？」

政宇點了點頭。

「那你也不知道她沒參加這次入學考試？」

考試？政宇這才驀然想起智芸重考生的身分。

先前跑來月租套房的智芸曾對他表明不會去念大學。

難道如她所願，最後她真的沒有去參加考試？

「我本來就覺得她這個人有點怪，結果比想像中更怪。」

「是朋友的話，妳好像不該說這種話吧。」

他的回嘴讓恩希笑出聲來，條件反射毫無掩飾的大笑。

「朋友？智芸跟我？」

她的反應引發了一種效果，一舉收繳了他這段時間的誤會與無知。

「這裡根本沒有人真的跟她熟識，甚至連勇宰都不是很了解智芸，雖然他們倆上同一所學校、住在同一個社區沒錯，但你來咖啡店的那天，也是我們頭一次認識她。你跟她是初次見面，但我們也沒什麼兩樣。她總是自己一人獨來獨往。當然了，像她那麼漂亮，任誰都很難不注意到她，所以勇宰才會找她去，他可是虎視眈眈地尋找著時機呢。不過，你正好就在這時出現……，碰巧搞砸了他的好事。智芸不也是莫名其妙地對哥哥有意思嗎？」

政宇無法解讀她的話。勇宰虎視眈眈地想伺機而動，和自己的出現搞砸一切什麼的，這些話聽起來根本不合邏輯。

「話說你跟智芸……，已經發展到很親密的地步了嗎？」

政宇用無關情感的混亂眼神注視著恩希。

「如果真的是這樣的話，某人可要大失所望了。」

恩希又是一聳肩，然後逕自站起身來。政宇望著她遠去的背影，倏然察覺自己是個不速之客。酒既是種麻醉劑，也是種興奮劑。他帶著必須回家的想法往玄關走去，走著走著又瞧見擺在玄關入口處的干邑白蘭地。他拎起酒瓶，再次回到客廳裡喝起酒來。

在這裡，所有昂貴的東西全都是免費的，威士忌和白蘭地，紅白酒、香菸、水果、乾酪、蛋糕等琳瑯滿目地充斥著刺激舌尖與味覺的食物。而回到月租套房，等著他的也只有冷得結凍的空氣和廉價的電熱毯。他一口接一口灌著酒，慢慢地也醉了。

夜色漸深，氣氛加倍熱烈，室內迴盪著瑪麗亞凱莉（Mariah Carey）的聖誕歌曲。他也醉醺醺地起身和人們同樂，一切都是那麼滑稽又愉快。他和未成年的女孩們一起喝著香檳、放聲大笑，在二樓的走廊撞見勇宰和恩希接吻的場面，他帶著歉意真心道歉。一聽見那兩人快活的笑聲，他也露出欣慰的微笑。

就在那時，一個女高中生奇蹟似的對他產生了興趣。女孩一頭短髮，身穿黑色的迷你連身裙，走向喝醉了酒、腳步踉蹌的政宇。

「我可以拜託你一件事嗎？」

面對她唐突的提問，政宇捋了捋滑落在額頭上的髮絲，他的心臟因為酒勁撲通直跳、呼吸也紊亂不定。

「拜託什麼？好呀，只要是公主大人想要的，當然什麼都能幫。」

女孩蹙著眉頭，說道：

「我想替你照張相。」

「照相？」

「嗯，我不是在開玩笑。」

「拍照幹嘛？要跟營養不良的非洲兒童進行比較？」

她冷冰冰地盯著政宇。

「我在找一個長期感到飢渴的人做模特兒。」

「真要找個餓肚子的模特，這裡可不太合適，妳想要的話，我可以介紹給妳。只要從這裡搭公車坐個幾站，很輕易就找得到。」

「我不喜歡拿窮人的臉拍特寫照出來的照片，就算能出名賺大錢，卻改變不了那些人窮困的人生。那是詐欺。」

「那妳打算拍什麼樣的照片？」

她輕咬著下唇，彷彿下了很大的決心，答道：

「我想拍出人們的慾望，我的目標就是表現出人們隱藏在內心的瘋狂與憤怒，比起外顯的世界，我更想看到藏在背地裡的真實。」

政宇裝作一臉感嘆地說道：

「聽起來是很帥氣，但是太過抽象了。相機怎麼可能拍得出人類的瘋狂和憤怒？就像妳說的，人人都掩藏著這些過活。」

她撲哧一笑，說道：

「所以我才來拜託你，在我眼中，能看見你的想法。你出門之前沒照鏡子吧？你看起來就像個飢渴難耐、被慾望蒙蔽了雙眼的人。簡單來說，簡直就像個失心瘋的人。」

他在心中反覆咀嚼著「失心瘋」這幾個字。

「沒錯，我是瘋了，不然我根本就不會跑來這種地方。」

「我想拍的是裸照，你辦得到嗎？」

女孩雖然雙頰飛紅，但從她飽滿的額頭卻能看出她的意志。政宇腦中一陣暈眩，同時也開始對這無意義的對話感到厭倦。

「就像妳說的，我是個瘋子，和我走得太近沒什麼好事。雖然不曉得妳到底想幹嘛，但無論如何，我都不想在小孩子面前脫個一絲不掛。」

「我知道哥哥現在看不起我，但你也沒什麼了不起的。在我看來，你根本就高估了你自己。你既厭惡這個地方的氛圍，同時又感到畏懼，正是因為畏懼，所以你才離開不了這裡。」

政宇頭一回對這女高中生產生了好奇心。

「現在的你，對未來惶恐不安。你跟這些有錢人廝混在一起，卻不知道自己該怎麼生活。你雖然鄙視對物質膚淺的慾望，可是一想到自己會錯過這些，就又覺得恐懼。就算你自認選擇了真誠的人生，並為之自豪，但那也不過是表象上片面的世界罷了，實際上，你的內在還有其他事端在發生。」

他早就聽說美術大學裡有不少狂人。政宇想著，難不成發瘋的人根本不是自己，而是這個小不點女孩？

「有磚造圍牆的獨棟雙層房屋，有漂亮的妻子和可愛的兒女。縱使你很想否定，但這些才是你真正想要的東西。我有說錯嗎？」

這回換政宇漲紅了一張臉。他覺得自己漸漸陷入她那稀奇古怪的邏輯之中。

「我得做什麼？」

「很簡單，只要到工作室來，站在鏡頭前面就可以了。」

「妳叫什麼名字？」

「延珠，徐延珠。如果你願意的話，我可以告訴你畫室的電話號碼。」

她從櫥櫃裡掏出紙筆塗寫一陣，將紙條遞給了他。

「妳說妳現在高三？」

延珠點了點頭。

「今年要上大學了？」

這孩子的年紀和智芸不過相差一歲，他似乎產生了某種巨大的錯覺。

「就像妳說的，現在的我已經瘋了，而且還是因為一個很蠢的原因。幾天前，有個大妳一歲的女孩把我給甩了，她就住在這個社區。」

延珠似乎早有所察，聳了聳肩。她的反應有種傲慢，好像她已經提前得知懸疑電影的結局。

政宇已醉醺醺，他走進一間空房，將臉埋進床鋪裡。

「哥，醒醒！」

政宇使勁抬起沉重的眼皮，凝視著坐在床角邊的黯淡形體。被反射的月光像是個純真無邪的入侵者，倚靠在牆邊。在黑暗中，他看見學弟熟悉的臉孔，他的臉白淨得像那侵佔了整條街道的暴雪，臉上掛著一個陰涼的微笑。

「今天玩得開心嗎？」

「剛才我看到你跟延珠待在一塊，你們聊了什麼？」

延珠？他剛才留意到他們的談話了？

「她那人是有點異想天開，不過身材還過得去，那個屁股蛋差不多一手就能掌握。哥喜歡哪一種？屁股大的？還是屁股小的？」

政宇皺起了眉頭。他分不清這小子是不是趁機對他說了非敬語[43]，也很難弄明白他話中意有所指的女孩究竟是智芸還是延珠。從勇宰身處的昏暗之中，飄出一股腥臭的酒味。

「哥知道嗎？智芸說，那天純粹是因為我的關係，她才會約哥出去的。」

那天？他的記憶不受控制地糾結在一起。

「心情還不差吧？哎，反正你跟智芸玩得那麼開心，哥也沒什麼損失。我越想越覺

43 又稱平語。在韓語中，即使對長一歲的兄姐也必須使用敬語，對同齡以下才能使用非敬語。

得這幫女人真是有夠奇怪，喜歡就喜歡，一開始直說不就行了，偏偏要這樣拐彎抹角地發神經，什麼嘛。」

被月光籠罩的房間裡，流動著二十歲男孩病態的笑容。

「我只是覺得哥也該知道，才把這件事告訴你。」

他從床邊起身，朝門的方向走去。接著又回過身來說道：

「以為女生喜歡自己就追著人家跑，女生都把這種男人當成臭蟲。好好用腦子記清楚了，下次你和延珠見面的時候可別忘了這件事。之前有個女的被我撕了衣服、打了一巴掌，還一臉興奮得要死的樣子，把腿打開了呢。」

月光下反射出來的是一個純真的微笑，不，是個純潔的微笑？門砰地一聲闔上，政宇仍像被凍結般僵在原地，無法動彈。在這之後過了好半晌，他的內心才開始動搖。

在經濟學系的畢業生中，政宇的成績處於中下游。雖然他的考試科目全都拿了A，但在學期間他數度拒絕應試，能應屆畢業反倒是個奇蹟。面對這個以全國第一名成績入學、擁有天才腦袋的學生，教授們基於罪惡感和憐憫，給他打了個勉強及格的學分。

畢業典禮當天，他的父母從鄉下趕來參加。母親穿著破舊巴寶莉大衣，在其他身披毛皮大衣的女人面前羞恥不已，低頭直盯著好似還沒來得及換穿的餐廳用毛拖鞋的鞋尖。父親一身過時的毛織夾克，始終蹲坐在向陽的地方一個勁地抽菸。

活動結束後，三人一起到中餐館吃了糖醋肉和炸醬麵。在高速巴士轉運站替他們送行後，他一回到套房，疲憊瞬間來襲。政宇往返於圖書館和月租套房裡，度過了幾天時間，這才赫然想起什麼似的猛然起身離座。他用冷水洗了把臉，接著便穿過熟悉的巷弄走到了派出所。在那棟水泥建築上，還隱約殘留著自己拋擲的燃燒瓶熏黑的痕跡。一聽說他是來自首的，巡警們全都大吃一驚，連忙向上級撥通電話。這段時間，政宇坐在木製長椅上閉著雙眼，等候裁決。

最終，派出所長向他走來，露出和善的笑容對他說道：

「同學，現在你自由了。」

一九九一年二月二十五日，總統就任三週年，全國共有九百一十四人受到特赦，五百六十五人獲得減刑。對主導非法示威的學生，以及針對政治犯發布的大部分通緝令也都予以解除。因違反集會示威法遭到通緝的政宇，正是這道赦免令的受惠者。

數日後，他收到了父親從鄉下寄來的信件，信封裡裝著一張十萬韓圜[44]的現金支票，附帶一封入伍通知書。

＊＊＊

一踏進通用汽車的代理展售店，漢娜就毫不猶豫地選擇了猩紅色。比起坐在男友的ＢＭＷ副駕駛座，還不如駕駛自己分期付款買下的邁銳寶（Malibu）心裡舒坦。兩人的意見不合始於她對俊熙車子的不滿，為他倆的同居生活蒙上一層意想不到的陰影。他的態度一如既往地漫不經心，反問她父母出於善意提供的車輛有什麼問題？在經濟上，他仍是個一無所能的學生身分，因此他的反駁也是振振有詞。

「要不是多虧了我媽，那個位子妳就算想坐都坐不了。」

那天的對話讓她心一橫，即便打腫臉充胖子也要買輛車，再也不想坐在ＢＭＷ的副駕上，聽寄生於父母經濟實力上啃老的男友胡說八道。從業務手上取回邁銳寶的那一天，漢娜首度發現他們的愛情出現了裂痕。

「我想靠自己的力量養活自己，可不想像某人一樣當個媽寶過活。」

漢娜一時昏了頭不慎吐露出心聲，她注視著俊熙的臉。他面如死灰，帶著憎惡的眼神：

「要是知道妳被那些劣質女權[45]同化了，我根本不會跟妳交往到現在。」

她身邊的同齡男性之中也有很多媽寶。這些男人越是成長在富裕的家庭，受到良好的教育，這種傾向就越是顯著。他們的母親闊綽又健康，俊熙的媽媽就是如此。四十出頭的年紀，仍靠著規律運動和健康飲食維持苗條的身材，受到丈夫寵愛，紅暈未褪的臉頰和滿是嬌氣的瞳孔中，流露出對生命的熱愛，如膠般濃重黏稠。

她的頭號財產就是寶貝兒子俊熙。頭一次和漢娜碰面，這位充滿端莊修養的中年女性就痛恨她兒子的女朋友。或許在這女人眼中，將年輕的姑娘當做了自己的情敵。女人不會消逝的青春、人人稱羨的美貌蒙蔽了她的雙眼，即便是從大邱到首爾的距離，都無法割裂這對母子之間本能的愛。

兒子每天都要和母親通上電話。這名正在攻讀博士的研究生，一切無關緊要的小事都要向母親報告，有一回喝得多了，甚至還向母親抱怨漢娜的生理期來了。而她會替花錢如流水的兒子支付銀行卡貸款，瞞著丈夫給兒子匯款鉅額現金。

女人何苦為難女人。女性相互較勁這種令人厭煩的傳統觀念折磨著漢娜，就連男友

44　當時約合台幣四千元。

45　韓國兩性對立激化之下的新造語，為女權主義中，用以貶低極端、激進女權主義者的用語。

駕駛的汽車，還有他送給她的名牌包和飾品都叫她不滿。

「我忍無可忍了。我或者你媽，你只能選一個。」

看出了事態嚴峻的俊熙當天並沒有和她爭執，只是收拾行李返回位於大邱的老家。中間沒有任何聯繫，整整一週後才回到了首爾。他將自己的BMW豪車留在車庫，孑然一身搭上了KTX[46]。漢娜來到車站接風，讓他坐上了邁銳寶的副駕。

「我媽說會繼續替我繳學費，這是上大學時就說好的條件，所以這一點就不要再爭了。問題是我們的生活費，我不會像以前那樣胡亂花錢了，這妳不用擔心，這樣妳可以嗎？」

握著方向盤的漢娜點了點頭。她早做好了心理準備，縱使會很拮据，但如果只是生活費的問題，無論如何都能想辦法解決。她想替男友新的出發加油打氣，也真心感謝他為女友調轉方向、選擇不確定的未來。但還不到開香檳慶賀的時候。

「我還是第一次看到我媽哭得那麼兇，說她到死都會詛咒妳下地獄。」

男女之間和諧共處、攜手生活意味著什麼，在她與俊熙的同居之中不可能找到答案。漢娜只是無意識地認同家庭是幸福的源泉，為符合社會協議、不脫離主流價值而努力。

沒有另一半的個體是不完整的存在，因此她欣然同意與俊熙同居，但卻無法肯定男女的結合是否能帶來滿足和幸福。若說與俊熙共同生活的這段時間讓她獲得了什麼教訓，就是男人根本沒有在思考。

埋首研究再生能源的科學家腦中只有實用性的目標，根本不去考慮自己能否寫出優秀的論文、是否能在這個領域取得成功。說得偏激一些，這種態度與資本家扭曲的慾望沒有兩樣，只要能取得利益，便不在乎是否違法亂紀。即便如此，他仍表現出自己比女友更加優越的自信，不僅是政治、社會、經濟，就連歷史、哲學、科學、文學甚至藝術領域，他的態度總是認定自己的見解絕對正確。判斷標準很簡單。因為他的年紀更長、受了更多教育，並且是個男人。

「妳還年輕，不瞭解這個社會。」

他經常單方面地打斷他們的對話。漢娜始終不能理解男人這種想法，無論年紀多寡，他們總認為自己的閱歷更加豐富。他們究竟從何得到那麼多的知識與情報，能夠對妻子和女友的意見置之不理？他們又是哪來的自信，認為從大眾媒體上獲得的淺薄知

46 韓國高速鐵道，簡稱KTX。

識能夠壓制其他女性的見解，在在都令漢娜感到好奇。他們堅信女人永遠無法理解組織文化，從建築工人到大學教授，幾乎所有的職業都顯示出這種傾向。

「妳一個女的懂什麼？年紀輕輕的。」

就算有程度上的差異，在這一點上男人都是純粹的共犯。漢娜暗自期待至少自己的男友會有所不同，但奇蹟並未發生。

「世界是殘酷的，不管妳再怎麼無理取鬧也不會改變。」

這是研究自然科學的研究生堅信不移的唯一真理，沒有什麼用是週日的咖啡哲學解釋不了的。所以即使在聚餐時遭到男性顧客的性騷擾，也必須隱忍不發。

為了躲避襲臀的中年男子而逃離飯局的那晚，漢娜盼望能得到男友的安慰，但俊熙已躺在床上、背對著她陷入夢鄉。和俊熙同居已超過一年，漢娜感受到某些東西已經不對勁了。她安靜地走進浴室卸去妝容，對鏡端詳。

『妳比我媽還貪心。』

她想，或許他的指責並沒有錯。

《月刊美術》的記者金恩禹，是引領藝術界輿論的重要推手之一。

「妳知道徐延珠從倫敦回來的消息吧？」

「什麼？誰？」

「幹嘛呀？我早就知道啦。這次總能幫我牽個線了吧？」

打從漢娜被找到咖啡廳來的那一刻，她就料到對方另有所圖，可他的要求卻相當荒唐。她先前確實聽說過這消息，在紐約進行創作活動的徐延珠畫家回到了韓國，但這一趟並不是與藝術展覽相關的公開行程，因此她在做些什麼、來到首爾又有什麼目的，皆無人知曉。眾所周知，徐老師素來不在大眾面前現身，依照她的性格，這次突如其來的返國，很有可能也只會留下種種謎團。

自從徐老師的私生活在去年遭到披露，記者們不分先後地展開近乎瘋狂地競爭，意圖進行採訪。一個女人曾與無數男性發生性關係的事實被曝光出來，公眾對此一片譁然、議論紛紛，何況此一淫穢事件的主角還是代表了韓國藝術界的徐延珠。透過採訪報導，傳聞受到證實之後，對輿論的衝擊更引發軒然大波。男性評論界早已打定主意痛下針砭。

徐延珠煽動性的私生活遭到曝光，此舉違背了藝術崇高的精神。一介女流畫家公開自身紊亂的男性閱歷，進行精神手淫的脫序行為，向熱愛藝術的人們拋出了一個根本性的提問：「現代藝術究竟是什麼？」我們不得不反問，為何藝術家們的行動像被給予了自由的權力，得以免於面對道德與倫理的評價；為何他們錯以為自己能偏離盧梭的社會契約論，盡情滿足利己的私慾。倘若藝術家們以「只要能換得金錢就毫無底線」的方式，唯以炒作馬首是瞻，藝術必將受到大眾蔑視，終至沒落。

那已經不是批評，而是種非難。不，是對於女性不得與複數男性發生性關係的兇狠警告。但對方卻希望她介紹徐延珠給他？

「我也是想盡辦法到處打聽了一番，才來找漢娜小姐的。我怎麼可能毫無準備、空手而來？」

「什麼？」

「我也是偶然聽說的，妳是透過徐老師的門路才進入畫廊的吧？反正我倆之間什麼關係，這點事、根本沒什麼好隱瞞的嘛。」

她喘不過氣來。我是透過徐延珠畫家的關係才得以在美術館任職？她竭力壓抑著反問的慾望。

「給我一點時間。我先打聽看看我能做些什麼，再跟您連絡。」

對方首度露出燦爛的笑容。

「多謝了，漢娜小姐，咖啡我來請。」

她一開始怎麼就不曾懷疑過這件事？當所有人都在面對難以就業的事實，她怎麼會相信唯有自己能將幸運抓在手中？事件的起始點是媽媽的電子郵件。

『一定會有好事發生的。』

漢娜忽略了她的話。在提交履歷、進行面試的期間，母親的影響力微乎其微，她堅信唯有自身天賦和能力得以左右命運。她也相信了國內最大的畫廊會需要一名毫無經歷的新人當策展人，原因極其單純，因為她認定這個世界需要自己。

推開咖啡廳店門走出門外，漢娜腳下一拐。新買的高跟鞋鞋跟實在太高了。想起鞋子分期付款的購買明細，她就感到頭暈目眩，好似小時候在母親懷中感受過的暈眩微熱。

那天，是她和新進藝術家為了展覽企劃，在新沙洞林蔭道開會的日子。一思及這或許是她身為策展人的最後一份業務，她的心情就難以平復。用完午餐後，她們在有露台的咖啡廳裡喝了杯下午茶，漢娜坐在露台邊上曬著太陽。

就在這時，一台眼熟的車輛沿著狹窄的巷弄緩緩駛下，開車的人是名戴著墨鏡的年輕男子，她也清楚看見了在他身旁的女人，臉上笑靨如花。

由於霧霾消散、晴空清朗的好天氣，前座車窗全都放了下來，她能清晰地聽見俊熙特有的笑聲。應該要待在學校裡的時間，他卻在繁華的林蔭道街上，身邊載著一個陌生女人兜風，畫面異常詭譎。更別提原本那輛應該留在大邱的BMW，竟堂而皇之地在首爾市區到處飛馳，這景象恍如懸疑片中的一個場面。

漢娜向同事道了個歉、走進洗手間，等待七上八下的心跳平靜下來。當她補完妝走了出來，稍早的狀況看起來就像自己捏造的幻影般荒誕不經。她憑什麼確信，俊熙不可能和其他女人交往？她無法理解，自己怎會相信身高修長、長相帥氣的富家獨生子，只會為了自己一人死心踏地。也許是因為她早已習慣了他手機頻頻作響的訊息聲而失去了戒備，又或俊熙母親會對她咒罵至死的詛咒太過強烈。

他對別人總是親切又和善，如果收到SNS的好友邀請他也都會接受，無一例外，並收穫了無數的追蹤數。其中絕大部分都是女孩。在網路空間裡交友、相互交流是他唯一的興趣，他從不曾鬆手放下手機，發生任何瑣碎的軼事，都會立刻留下紀錄。

要跟蹤他不難，這個男人的注意力並不專注。感官上的愉悅像座不會淪陷的要塞，總能提供他安全的避難所，昂貴的房車如是、江南的公寓也如是。他有一個堅實的贊助者，能提供一切的快樂——拒絕年輕而有教養的母親致贈的禮物是如此困難。

很明顯，俊熙瞞著自己過著他的雙重生活。他背著她簽了新的公寓合約，將自己的愛車藏在該公寓地下，享受著偏離常軌的日常。跟蹤他數日以來，她發現至少有三名以上的女人定期與他會面，這些女子面容太過相近，一開始還讓她有些混淆。一想起那些受寵女人的臉孔和笑容，她便羞恥得渾身發顫。

躺在床上，一碰觸到他的手，漢娜就感覺血液變得涼冷。他像是做了個惡夢，從床上翻身坐起發著脾氣。俊熙用淡漠的眼神望著她，冷不防地吐出一句。

「太累的話，就找找其他工作吧。」

未來已成定局。俊熙不會滿足於一個女人，會不斷努力和其他女人往來。問題在於自己，還有她的嫉妒。每當想起他懷抱其他女人的模樣，她就感到陣陣作嘔，不明白為何內心會如此翻騰跌宕。自己對於區區雲雨之歡、男女之事，這般小題大作的反應也顯得如此卑微。她也不明白俊熙究竟想要些什麼，愛情？還是婚姻？

「對不起。我只能說，我還愛著妳。」

俊熙死了心似的說道，甚至沒有否認自己的雙重生活和那些女人的存在。

「妳不會理解的，但我實在不明白，為何愛情只能保持專一。我喜歡和妳在一起，如果可以，我也想繼續維持這種關係。」

這是一種宣戰，一種自私自利的宣言，意圖維持同居關係，讓自己和其他的女人分享愛情。

「我憑什麼答應你？」

「妳也可以跟其他男人交往，除了我以外，這世上還有那麼多男人，沒必要拘泥於我一個。」

他是認真的？難道她跟其他男人做愛，他也無所謂？出生在富裕家庭的年輕男子表現出一種優越感，用以攻擊陳腐思想根深柢固的守舊老人。不能只有她被逼得如此窘迫。

「你就那麼喜歡做愛？」

俊熙沒有回答，只是直勾勾地盯著她，接著瞪著一雙滿佈血絲的眼睛，難以忍受似的嚷道。

「說性愛是一種親密感的明明就是妳！」

漢娜無法剖析他究竟在說些什麼。為了與人親近、和諸多女性上床，她接受不了這種難堪的辯解，再也無法容忍。她狠狠甩了他一個耳光，力道之大，讓他不能再挑釁她第二遍，讓他疼得只想逃回媽媽身邊嚎啕大哭。他的頭猛地扭向一邊，那場面漢娜一輩子也忘不了。

「妳瘋了。要是讓我媽看到，她肯定會殺了妳。」

＊＊＊

行政首都世宗特別自治市[47]。一如這一長串的名稱，它是個怪異的都市。主要的政府機關大樓建物，在市中心城牆般層層環繞，周圍密密麻麻都是如雨後春筍一樣冒出來的高層公寓。

一想到此地居民大多數都是公務員家屬，她就感到頭昏腦脹。他們聚居在這些狀似蜂巢的公寓之中，被安逸所束縛、消除了所有不安定的因素。結婚生子、擁有幸福美滿的家庭，就是他們夢想的烏托邦。即使災難降臨、戰爭爆發，這些以小市民的夢想武裝

47 位於忠清南道，韓國唯一的特別自治市，原訂取代首爾成為新的行政首都，而後計畫遭到廢止，但仍設有諸多重要的政府機構。

而成的蟻群也不會被抹滅。

漢娜討厭媽媽安於這個倉促建立的人工都市。它過於平靜，這個城市並不適合一個在婚姻中受到重傷的女人。

「延珠是我的老朋友。雖然大學畢業之後我們就沒有聯絡了，但朋友就是朋友，不是嗎？」

媽媽說話的嗓音像是在哄著稚齡的孩童。

「對不起，我也沒辦法告訴妳什麼，妳也曉得，延珠的日常生活一直避人耳目。」

「妳知道徐老師現在在韓國嗎？」

媽媽並沒有回答她的問題，只是凝視著咖啡廳外頭的風景。完成插秧農活的稻田裡，一頭白鷺正低著頭尋找食物。

「以前我曾經在圖書館看過延珠的採訪，別的不說，感覺她似乎對自己的婚姻生活不太坦誠。有些過去的事情我沒辦法和妳說明，延珠的婚姻大概也屬於這個範疇。我們都太年輕，也太單純，在那個年紀，任誰都曾經輕狂。延珠也好，我也一樣，或許我們面對婚姻都太過傷感了。

我聯絡延珠的動機很單純，我相信她能夠幫助到妳。那也不是什麼難事，對吧？我只能說，不要認為目前妳所擁有是不正當的戰利品，妳擁有的一切是妳靠著自己的力量堂堂正正得來的，換個方式來說，運氣也是種實力。每個人都是這樣過來的。」

媽媽凝視著漢娜萎靡不振的神色，換了個話題。

「妳過得怎麼樣？比起之前，臉色看起來不太好？」

漢娜還記得，在小學正門門前，她滿懷遺憾地媽媽道別，然後轉身一看，只見媽媽在松樹後遮掩著大半個身體，仍舊注視著自己。媽媽的雙眼如此悲傷，彷彿那是永恆的別離。

「我跟男友分手了。」

漢娜直視著媽媽的眼睛。

「男友再交新的就好了，說不定會因禍得福呢。」

「媽！」

漢娜不由得發火。離婚後，媽媽一直獨力撫養自己，雖然從未表露，但對媽媽而言，愛就是唯一。獨具魅力的年輕女性，在沒有丈夫的情況下撫養小孩絕非易事。對於為了自己、拒絕再婚的媽媽，漢娜心中同時感受到愛與憐憫。

「妳到底待在這裡做什麼呀？妳要這樣形單影隻地活到什麼時候？媽也要享受自己

的人生啊！」

翠綠稻田裡的白鷺似乎被她的喊聲驚嚇，撲棱著翅膀衝出田間，媽媽撇過視線望著窗外巨大的鳥。漢娜怒火高漲。女人的愛情是一種混合物，混雜著不可理解的觀念，僅管男人再自私、再貪婪，女人仍舊無法放棄自己的愛情。

漢娜放聲大哭。一見到她的淚水，媽媽當即握住了女兒的手。

「漢娜呀，我很喜歡這裡的工作，對薪水很滿意，時間也很自由。我並不如妳所想的那麼孤單，妳親眼見到我，還看不出來嗎？」

回到首爾的漢娜遞了辭呈。一週後，館長正式受理了她的辭職信，至此，唯有自己才能勝任這份工作的驕傲感被判定為妄想，工作和愛情都如海市蜃樓般消失無蹤。不管她的愛情所在何方，她都必須找到工作，她需要一份依靠自身力量得到的工作，而不是倍受懷疑的請託。

那天，她忙於脫手長期分期付款買來的邁銳寶，已經想不起分手的男友的長相——這並不是不好的徵兆，在地鐵站的站台上，漢娜感到前所未有的期待圍繞著她，電車滑進了站台，在眾多旅客之中，沒有任何人留意到她的悲傷。

「我不會像媽媽那樣過活的。」

和媽媽不愉快的道別令漢娜感到羞愧。當電車伴隨著警示音出發時，她再度抬起頭來，望見打工仲介業者的廣告看板。

＊＊＊

政宇在清涼里站[48]春川一〇二增援部隊服役，後來又調任到位於元通[49]的新兵教育隊，成為了東海的軍人。他並沒有什麼特別的感想。他被分配到師團偵查大隊擔任無線電兵，他主要的任務就是背著P77無線電收發機爬上太白山脈的山巔。居民管制線[50]另一頭的群山不僅對他起到療癒的作用，還向他展現了自然的美學世界。不知道是誰曾對他這麼說過，但他的體質或許真的很適合當兵。隨著訓練增加，他的體重上升、肌肉也隨之增量。

48　位於首爾東大門區，是首爾電車和地鐵的重要轉運站。

49　位於江原道麟蹄郡，鄰近東海，地處偏遠。

50　南北韓以北緯三十八度線為界，南側非武裝地區以南則設有管制線，管制一般民眾出入。韓國前線由於地處北邊，氣候嚴寒、邊防緊張，被視為韓國義務役中條件最辛苦、嚴峻的部隊。

經過十三個月，他被授予上等兵的軍銜。任誰也猜不到他曾是如癌細胞般烏雲罩頂的厭世青年，老兵們甚至認可他在千里行軍中展現出的韌性。

當他接到探視的要求時，他還以為只是單純的行政失誤。一個女孩的面孔在他腦海中明亮地閃爍，有如雪山上的燈火。在新兵教育隊中接受訓練的期間，政宇為了擺脫肉體上的痛苦不斷回想著智芸的臉龐；在有武裝北韓軍人埋伏的GP[51]進行夜間偵查時，他也反覆念著她的名字，緩解了緊張的情緒。但想像不過是與現實相距甚遠的妄想。智芸早已離開，拋棄了他，難道她真會找來江原道偏遠山溝的部隊裡，探視他嗎？

在入伍之前，孤身一人的他度過了一段懶散的時日。給延珠打電話的理由，也只是因為單純的責任感。他也有些好奇，掩藏在自己體內的瘋狂，會如何在這孩子充滿好奇的視線之中具象化。最要緊的是，他感覺自己似乎曾在酒後向她承諾過，願意當她的模特兒。

那年春天升上大學的延珠，已不再是他在聖誕節派對上遇見的不成熟女高中生，政宇甚至沒有認出推開門、進入咖啡廳裡的她。她沒有大學新鮮人那般興奮的神情，淡妝掩飾了她深刻的內心，用一對憤世嫉俗的眼瞳觀察著外界的對象。她的臉龐，混雜了孩子和成熟女性的立體感與多樣性。她用依然稚氣未脫的嗓音，清晰的說道：

「我很好奇哥哥那天說過的話，所以後來到處打聽了一下。」

酩酊大醉的那天晚上，自己究竟語無倫次地向她說了些什麼，政宇也已記不得了。

「我的結論只有一個，你的運氣不好。」

「運氣？」

「嗯，遇到像智芸姐那樣的女人，確實是倒了八輩子楣。」

聽見從別人口中吐出智芸的名字，挑動了他敏感的神經。

「智芸姐是藏有很多秘密的人。她的眼神總是深陷在苦惱中、滿懷憂鬱，似乎會給對方帶來恐懼。不僅在學校，她在畫室裡也沒有坦誠交心的朋友。」

她的評價與他自己所認識的智芸迥然不同，令他感到吃驚。

「智芸姐對繪畫沒有半點關心，也毫無天賦。我在她身邊看她這麼久，得到的印象就只有這些。」

「這件事跟妳無關。」

「所有人都承認智芸姐很漂亮。比起當個畫家，她更適合當個模特兒。不過，和她

51　指南北韓之間位於非武裝地區內最前線的監視哨所，取Guard Post首字為簡稱。

美麗的臉蛋相比，她的內心就像陰鬱的樹林一樣幽暗。愛上這樣的女人不是件容易的事，容易被她的外表所騙，最終導致難以癒合的傷口。我說的太過分了嗎？」

雖然她並沒有在笑，微妙的是，他彷彿能聽見延珠的笑聲。

「我認為，或許智芸姐不可能愛上別人。對於一個緊閉心門、用冰冷視線注視這個世界的女人來說，愛是沒有意義的。也許智芸姐需要的不是愛情，而是救贖也說不定。」

「救贖？你是說像基督教徒被吊死的那種救贖嗎？」

「你這人非得這麼扭曲嗎？」

延珠在工作室裡向他展示了梵谷的畫作。那是用木炭畫成的一幅速寫，描繪了一個女人赤身裸體地蹲坐在平坦的石塊上。

「這女人不是賣淫的嗎？」

「沒錯。」

「你要我擺出跟她一樣的姿勢嗎？」

「不行，這樣一來臉和身體就會被遮住。我要拍的是正面的照片，所以你只要站著就可以了。」

「妳能說明一下，為什麼我非拍不可？」

「你想要的話，我可以給你模特的費用。」

「我想要的不是錢。」

「那什麼都可以，只要是我做得到的事情，什麼都行。」

「就算有點超脫常識也沒關係？」

延珠沒有回答，點了點頭。政宇知道自己已再無退路。他緩緩脫去衣物，在相機前站了約莫一個小時。雖然她真摯的神情讓他變得僵直，但隨著時間流逝，他也逐漸熟悉了自己光裸的身體。鏡頭下，成為拍攝對象的他逐漸失去自我意識，在無可遮掩、毫無防備的裸體狀態下，盡了身為模特兒的義務。

直到拍攝結束、回歸現實的那一刻，他才開始動搖。為了穿上衣物邁步上前的瞬間，他感覺全身的力量都已消耗殆盡。他整個人像豆腐渣工程建成的高臺遇上梅雨季，崩落坍塌。延珠連忙跑過來扶著他。

回過神來的時候，他眼前所見，是無情棄他而去的女友的臉。他凝視著女人如辰星般閃耀的眼瞳，領悟到自己已經被逐出夢寐以求的美麗領土。愛情像不祥的徵兆，在虛空中閃爍著光芒，現在，自己已經無法再回到天使身邊。

剎那間，救贖的聲音像奇蹟般傳來，女人的唇瓣一貼近，他便渾身顫抖。縱使那不是愛情，他也感覺到本能的溫暖，他像個在母親子宮中泅泳的幼兒，好似一個不完整的存在，慢慢失去了意識。

乘坐著軍用卡車前往哨所的途中，政宇努力回想著曾經拍攝自己裸身的女孩，一如智芸的臉，延珠的面容也同樣模糊不清。由於週末的緣故，探視會所人頭鑽動。每當有軍用卡車抵達，前來會面的親友紛紛忙碌奔走，在難以辨別的軍服中尋找自己的子女或朋友。

政宇則搜尋著可能是智芸、或者延珠的二十來歲女孩。在大部分的士兵都和親朋好友聚首之後，他也沒有看到任何來自首爾的女人身影來找自己，他安下心來，這顯然是單純的行政失誤。政宇露出滿意的笑容，抬頭望著好似披了件綠色偽裝網的櫸樹。正當他心想著，是時候回到部隊、整理自己的個人裝備時，他聽見身後傳來的嗓音。

「政宇哥！」

政宇回過身來，口中發出一陣呻吟。一時想不起對方姓名的他，只能皺眉盯著女孩。

「哎呀，好像真的嚇到你了。」

那是恩希。她駕駛的車輛是大宇汽車[52]新上市的新型愛斯波羅[53]。讓一個纖瘦的女孩開一輛配置一百馬力二點〇升CFI引擎的車款，多少感覺有些沉重，但車主本人似乎完全不這麼想，輕鬆地驅動了車輛。年輕女性親自駕車，來到江原道偏遠部隊探視的場景並不多見。

恩希的模樣一如他入伍前的印象，華麗如常。若說有什麼變化，就是總頂著一臉濃妝的她換了身樸素的穿著。幾乎沒有化妝，身穿牛仔褲和寬鬆T恤、肩上披著凸顯出腰線的休閒夾克，洋溢著大學三年級生的活潑從容。

「終於戒掉老愛外宿的毛病啦？」

打從他入伍以來，恩希是頭一個跑來探視的親友。她朝他點了點頭，拉開車門跳上駕駛座。

52　成立於一九八三年的韓國汽車廠牌，後來被美國通用汽車收購，成為子公司。

53　由大宇汽車在一九九〇年代生產的高階車款。

「你怎麼變得這麼壯？我還以為不可能是你呢，嚇我一跳。」

坐在副駕上的政宇雖然面露微笑，但疑惑仍未解除，他無法理解她怎會在這個時期出現。恩希只是把手擺在方向盤上笑了笑。女孩和他無異於陌生人，政宇不僅對她的出現感到吃驚，她親密的動作和語氣也令他尷尬。我們什麼時候變得這麼熟了？

「哥應該很厭倦除了軍人之外、什麼也沒有的鄉下了吧。聽說，再往前走一段路就到雪嶽山了，要不要去看看？去那裡的話，我們可以住在新開的公寓式酒店。」

他們途經瑞和里、天桃里、元通市區和麟蹄郡，一路駛上彌矢嶺，翻過山頭，就能望見遠處的東草市和東海海岸。恩希一邊換檔、一邊愉快地引導著對話，即使是需要利用半離合器才能攀上的陡峭山路，她依然顯得游刃有餘。

不知不覺間，政宇漸漸變得舒坦，像在和長時間同甘共苦的朋友談天說地。清朗的天氣使人心情愉悅，彷彿是她帶來了晴朗的長空和涼爽的微風，熟悉了氣氛之後，恩希來探視自己這事也變得理所當然。如果來的人是智芸或延珠，他肯定無法像個出外踏青的人一樣享受這氛圍。

適逢週末，彌矢嶺上觀光客的車輛發出愉悅的尖叫聲滑順地溜下山道。七月璀璨的艷陽像玻璃珠般灑落在青山和原野上，在幽深溪谷裡遊蕩的涼風則消散了地上的暑氣和汗水。在部隊之外，外頭果然存在著豐富而感性的世界，打從入伍以來，他頭一次對人們產生了嫉妒。

「哥哥，你知道我們是一國的吧？」

恩希將車子打到空檔，一邊駛下下坡路段，一邊說道。褐色墨鏡後頭，閃動著一雙充滿好奇的眼瞳。

「哥被智芸拋棄，我也被勇宰甩了，所以我們同是天涯淪落人。你聽說他們兩個交往的消息了嗎？」

單就這句話，某程度上政宇就能推測出是什麼情況了。

「穿高跟鞋開車，不會不方便嗎？」

「傻子，我在談這麼重要的事，你就只想到這個？」

恩希衝著政宇微微一笑，說道。他腦中驀然掠過她還挺漂亮的想法，又或許是他反應太遲緩了也說不定。

後車廂裡裝滿了各種食材，看起來可不像是為了兩天一夜的短期探視，而是打算來個長期夏日假期的車輛。她肯定是提前在首爾採購了一趟。政宇低頭看著一車水果、餅乾、酒水和成捆的蔬菜，她善良的心地和體貼的關懷讓他心中暖洋洋的。巧克力蛋糕的外盒上，還繫著江南站知名麵包店的包裝用緞帶。

「妳知道我已經不是二等兵了嗎？」

「別擔心，這點東西我一個人就能輕鬆解決了，別看我這樣，我可是大胃王呢。而且我的料理天份也與眾不同，你不知道我是念家政系的才女嗎？」

恩希將墨鏡戴在頭頂上，雙手叉腰、得意洋洋地說道。新建的會員制公寓式酒店裡，散發著淡淡的油漆和黏著劑的味道，一進到屋裡，他們就敞開客廳的窗戶通風換氣。政宇將一袋袋食材搬下車，觀察著室內的構造。內部結構很單純，只有一個配置了雙人床的房間、擺放餐桌的廚房和安了沙發的客廳。他自忖可以在客廳的沙發上對付一晚，便安下心來。比起軍隊周邊村里的旅館房間，這住宿簡直有如宮闕。恩希則走到陽台上，出了神地眺望著群山。

「是不是很美？」

她的嗓音細微地發顫。政宇凝望著眼前風光，如屏風般層巒疊翠的蔚山岩[54]，在正前方俯瞰著他們。在山巒腳下，以新興寺為中心，周圍是千佛洞溪谷、權金城、飛龍瀑布的所在。

他心中暗想，明天該讓她好好遊歷雪嶽山巔峰的美景，不，還是在他們身後、那開闊的東海更有吸引力？去洛山寺欣賞絕壁美景和波濤，在蓮花池畔漫步，可能是極佳的選擇；但在有著燈塔的港口觀看捕魚船迎風破浪，亦是難以割捨的選項。

政宇好像被陷入司湯達症候群[55]的恩希傳染了似的，恍惚地盯著眼前的山巖。那並不僅僅是一塊古老的岩石，它既不是遭破壞的對象，也不是粗糙的牆面，光是靜立在那兒，就絕美如斯。

恩希將所有食材全擺放在桌上，滴溜溜地轉動著眼珠，神情好似在檢視作戰計畫的指揮官一樣嚴肅真摯。兩人用偷偷從家中帶來的蘇格蘭威士忌碰了杯，他將酒一飲而盡，她則用唇稍稍抿了一口就放下酒杯。

「不管我怎麼努力嘗試，還是不太能喝酒。」

恩希用舌頭舔舐著嘴唇，辯解似的說著。

「既然都準備好了，那就來替軍人叔叔好好做一頓晚餐吧？」

烹飪的時間大概不超過一個小時。正如她本人所宣稱，她在料理方面實力超群。要

54 位於雪嶽山中的著名景點，由數座花崗岩山脈組成，形似屏風。

55 司湯達症候群（Stendhal syndrome），當觀賞藝術品時，引發諸如焦慮、冒冷汗、心跳加速等激烈反應。

不是酒店裡提供的廚具有限，肯定能做得更美味，雖然她口中這麼嘀咕著，但在一旁打下手的政宇，感想卻遠遠超出了訝異。因為她一手嫻熟的烹飪本領，可不是單純以女子大學家政系的學生就足以說明。

她的手法敏捷俐落，速度飛快也是自信心的另一種表現。她做了烤肉和燉煮鯛魚當作主菜，接著將萵苣和小白菜翻拌均勻，做成一道鮮辣白菜。她將家中帶來的辛奇（泡菜）當小菜擺上桌，又將魷魚和馬鈴薯改了刀、下鍋油炸，用牛肉熬出的肉湯煮了一鍋海帶湯，壓力電飯鍋裡蒸著五穀飯。在烹飪的同時，她用身邊人瑣碎的故事引導著對話，對於需要專心致志才能剝開大蔥和洋蔥、搗碎大蒜、切好馬鈴薯和魷魚的政宇來說，她的從容簡直叫人驚奇。

她的擺盤也極為講究，用匙筷托架和餐巾烘托出了餐桌上的氛圍。政宇將威士忌放到一旁，從冰箱裡拿出了燒酒。兩人面對面坐著，碰了碰酒杯，這一回，恩希同樣只在唇邊啜飲了一小口，就將酒杯放下。

她觀察著政宇品嚐食物的表情，臉上的神情笑逐顏開。不出她所料，他從來不曾嚐到這樣的美味。有好半晌，政宇都帶著失了神似的神情盯著她瞧，這些魔法般的料理，甚至讓人連前女友的存在都一併忘卻。

當政宇在流理台前準備戴上橡膠手套的時候，恩希卻開了口。

「政宇哥，我這人有點古板，別的也就算了，但是讓男人洗碗，這種事我實在看不下去。」

她的話讓政宇吃了一驚，露出一臉訝異的神色。

「我一個人住太久了，烹飪可能不好說，但論洗碗，我可是專家。」

「哥哥怎麼樣我管不著，反正我就不喜歡這樣，看你要去沙發上躺著休息、或是看看電視都行。啊，剛剛忙著做菜都忘了，購物袋裡有我帶來的衣服，要給哥哥穿的，尺寸應該剛剛好。」

政宇打開放在沙發旁的購物袋，只見袋裡裝的是牛仔褲和深藍色的T恤，連價格標籤都還沒撕下。還有棒球帽、黑色休閒鞋、甚至內衣和襪子，一應俱全。

「不要呆站在那兒，快去換衣服吧。」

政宇走進浴室洗去一身汗水，在房裡換上了新衣服，衣褲都像量過尺寸一般正好合身。他往梳妝台的鏡子一瞧，一頭短髮、有著健康膚色的青年露出了尷尬的微笑。

回到客廳，恩希一邊歡快地笑著、一邊說道。

「政宇哥，以後你成功了，可別忘記今天欠我的呀！」

餐桌上擺著巧克力蛋糕和精心製作的火腿起司吐司小點。陽台窗外是蔚山岩風光，身後則是一片漆黑的大海，而在餐桌對面坐著的是一個守舊的女人，能輕鬆自如地切換手動排檔，還駕輕就熟地做出一桌高難度料理。

恩希自有打算。瘋狂成為了導火線，導致這場魯莽的冒險。自從她下定決心，決意到江原道部隊尋找陌生男子的時候，她就已經失去了理智。和勇宰的決裂，使她不得不承受這份屈辱。

她的夢想已然消失，生活也變得疲憊不堪。勇宰在和她交往的期間就已經和其他女孩有染，腳踏兩條船。恩希否定了事實。但勇宰卻在大白天裡將她叫到酒店房間，昨晚在酒席間見過的女孩稚氣未脫，已在房裡熟睡著。甚至不止一個人，而是兩名。

沖完澡之後，勇宰向女孩們提議一起到酒店的餐廳吃午餐。恩希氣昏了頭、不知怎地甩了他一耳光，他抬起頭來，像個瘋子般爆出一陣大笑。她記不得自己是怎麼離開酒店，也無法理解勇宰為什麼要用如此殘忍的方式分手。

恩希像得了失語症的少女閉上了嘴和耳朵，什麼都不聽也不說。直到她聽到消息，說勇宰找到了新的犧牲品，她才再度踏出家門。令人訝異的是，這次的代罪羔羊竟是智芸。聽說他們開始交往的消息後，恩希整個人都洩了氣，直到這會她才意識到，連那不可一世的智芸也和自己沒什麼兩樣，不過是個平凡的小妞罷了。當她好不容易打起精神，恩希卻又為另一個消息失去了平常心，不同於她的預期，那兩人的戀人關係比她所想的更為深厚。為何不是我，而是那個女的？難道這世界全都繞著那個女人轉嗎？

嫉妒折磨著她，怨恨從未冷卻。當她為了尋找陌生男子，驅車前往江原道偏遠的部隊時，有一半的她已然瘋狂。她想殺了政宇，她計畫讓他愛上自己，用同樣的方式甩了他，既然所有人都這樣踐踏愛情，她沒道理做不到。但打從兩人一碰面，計畫就出了差錯。在探視會所的樹蔭下，她望著政宇凝視長空的背影，陷入了難以言喻的憐憫之中，她也理解了、為何智芸會被這貧困的男人所吸引。

「哥說得沒錯，我就只是想這麼做而已，這麼一來，或許心情會變得好一點也說不定。往後勇宰和智芸會怎麼想都不重要，因為這是我的事。我覺得無論我要做什麼，都要以我自己的標準來判斷。」

她的解釋曖昧不清。

「那現在，政宇哥已經忘記智芸了嗎？」

女孩切著蛋糕、注視著自己，眼神中閃耀著光芒。他想起了再也不願回憶的那一天。

『心情還不差吧？哎，反正你跟智芸玩得那麼開心，哥也沒什麼損失。』勇宰這麼說。在精神紊亂的的狀態下受到這致命一擊，他連反應的機會都沒有。或許自己根本就被舉辦聖誕節派對的有錢人家兒子給說服了也說不定。那天晚上，公子哥還在浴室裡和陷入愛情的女孩擁吻，那是恩希。

「我跟她都結束了。現在我只是個興奮的大頭兵，擔心即將開始的游擊訓練。」

隨然他想盡辦法令自己聽來像是在開玩笑，聲音仍乾澀生硬。

「就算是謊言，也讓人心情很好呢。」

恩希揚起一抹微笑。

「那麼，我們有機會好好發展囉？」

政宇沒有回答。

「這種時候至少回答個Yes吧，就算不是出自真心也是。」

也許是久違的酒精下肚，他感到微微發熱。

「他們都太貪得無厭了。既然他們是一類人，也只能祝福他們，不然我還能怎麼樣呢。」

恩希觀察著政宇的表情說道。

「政宇哥大概不曉得吧，但和他們相比，我就只是個賤民。打從一開始，我和財閥的兒子、媒體老闆的女兒就不是同一個等級的，明知道離得越近、就越容易受傷害，卻還是束手無策。你明白我的意思吧？」

政宇沉默不語。

「我知道你在想些什麼，你一定也認為我跟他們是一路人。在外人面前，我努力讓表象看來像是這麼一回事，所以對內情有所不知的人都很難分辨。但我們彼此都很清楚，像我這種家庭出身的孩子，勇宰根本不屑一顧。除了我以外，他們應該都是這麼認為的。」

政宇專注地聽著她的故事。

「我爸是個公務員。公務員，聽起來應該還算體面吧？所以我總是這樣回答，但這麼說並不精確。我爸連高中都沒畢業，小小年紀就得出來賺錢，就這樣一路苦幹實幹，才拿到學校校工的工作。你知道校工是什麼吧？就是什麼雜活都得幹的下人。」

恩希握住燒酒杯，猶豫了一下。

「但我也沒有說謊，反正現在他的確是公務員身分。江南區被開發之後，學校遷了校址，我家也跟著搬了家。所以，我也沒有理由刻意否定、說自己不是江南人吧？」

關於恩希的心理狀態，他有料到一部分。微妙的是，比起外部氛圍，這種傲慢的傾向在內部更加強烈。對於江南以外的人來說，該地區象徵著什麼並沒有太大的意義，反倒是在他們內部，對江南的執著更是沸沸揚揚。

「任誰看來妳都是十足的江南女生，看不出來的只有鄉下土包子而已。」

出乎意料的，他的反應似乎對恩希具有很大的意義，因為籠罩在她額上的陰霾瞬間消失了蹤影。恩希注視著政宇的雙眼，覺得他長得好似自己小時候養過的黃金獵犬。牠是隻忠誠的小狗，會傾聽自己的秘密、喜歡散步和拋接球。

「我們出去散散步怎麼樣？聽說不遠處有個有燈塔的小港口。」

恩希這麼一說，他便從購物袋裡掏出帽子戴上，她引發了他想暫時擺脫軍人身分、盡情享受自由的慾望。脫去軍靴、換上運動鞋，他覺得身體輕盈得像要飛起。恩希披上夾克，帶了汽車鑰匙，也穿好休閒鞋。

在電梯裡，她自然而然地挽起他的手臂。大埔港人潮擁擠，由於還未被開發成觀光景點，港口仍散發出漁村的氛圍。微風撓著頸間，令人心情愉悅。

恩希是第二個挽住他胳膊的女人，和第一次在漢江邊上勾起他手臂的智芸，感覺截然不同。湧上心口的壓迫感大相徑庭，瑣碎的刺激感也更輕微，被智芸勾住手臂時，他因出乎意料的興奮感緊張不已，但今晚，這平靜安定的感受究竟是從何而來？難道是陣陣海濤傳遞了這份寧定？還是遭到拒絕的公務員之女，心如止水的寂靜？雖然智芸是個怪異的女孩，但身邊這個二十二歲、現實的女大學生也不遑多讓。

「我相信政宇哥一定會出人頭地。」

女孩開了超過五個小時的車程，從首爾奔來這裡的理由就藏在話中。

「當你來到咖啡廳的時候，大家都很吃驚，因為出現在眼前的人，和我們天差地遠。」

「我肯定跟妳們很不一樣，那可是我第一次去狎鷗亭洞。」

恩希回過頭來，揚起一抹微笑。

「沒錯，我就只有這個印象而已。但接下來發生的事都很混亂，先是智芸對政宇哥有意思，這真的讓我很震驚，她又不是瘋了……，啊，對不起，可是說真的，政宇哥當時實在邋遢得一塌糊塗。」

「不用道歉，我也很清楚，當時我的狀態有多糟糕。」

「現在回想起來，當天的聚會本身就很詭異。雖然勇宰叫我去，我就去了，可是我根本沒想到智芸和仙英也在那裡。我和她們不熟，更不是朋友。再加上勇宰出現的時候，政宇哥跟燦永也一起來了，更讓我覺得奇怪。雖然我很久沒見到燦永、也挺開心，但有陌生人出現又很尷尬。就算這一切都是勇宰刻意促成的，我也不明白他為什麼要組織這樣的聚會，既不是朋友小聚、也不是聯誼，整個組成就很怪異。

更讓我們覺得難堪的就是政宇哥你。我還以為你瞧不起我們，感覺你把有錢人家的孩子都當作腦袋空空的傻瓜。當時我的感覺就是那樣。」

政宇找不到適切的話語來回應，只得眺望著在夜晚的大海中徘徊的漁船。

「我上次也說過吧？智芸是個奇怪的女生。話雖如此，但她的背景真的很硬，住在狎鷗亭的漢陽公寓，父親又是新聞記者，條件沒人比得過她。她的重考生身分可能會落人口實，但那也不是什麼大問題，畢竟所有人都認同，智芸就是那個社區裡最漂亮的女生。」

「這些我都不曉得。」

政宇坦誠地說道。

「是啊，這麼說來，政宇哥當時好像對這些事一無所知，看起來對智芸也沒什麼興趣。」

政宇試圖將對話轉往其他方向。

「我們會坐在對面，應該不是偶然。」

他的話似乎給了女孩勇氣。

「好神奇，其實我也常常這麼想，說不定我們之間本來就有緣分吧？也許我們都沒發覺，只是愚蠢地白白浪費時間。政宇哥的運氣不好，在這方面我也沒什麼兩樣。」

燈塔之下，一對情侶正深情擁抱著。恩希梳理著迎風飛揚的髮絲，抬頭望向政宇。她唐突卻積極的目光，令他有種前所未有的安全感，和智芸身上感到的怦然心動是完全不同的感受。

政宇喜歡她待在身邊。她不僅抹去妝容、以素顏坦誠相見，甚至能夠坦率地吐露試圖掩藏的過去，他喜歡她這一點。

恩希走上前，撫上他的臉頰。

「說實話，我也沒料到自己會來到這裡，畢竟我沒有理由來見你。但現在我明白，我不後悔。」

政宇低下頭，親吻恩希的唇，她閉上雙眼，伸手環抱著他的腰。不同於他與智芸之間的關係，他取得了不一樣的進展，這是個好的徵兆。口腔裡的甜蜜擴散到血管之中，他撫上她的T恤。恩希似乎一陣發癢笑出聲來，剎時間，他腦中又浮現了勇宰的忠告。

『哥，女生想要的很簡單，讓她們心癢難耐就行了。』

一回到公寓酒店，浪漫的氛圍旋即變得淡了。冷靜的現實像放大鏡一樣放大了不清晰的前程，雄偉壯麗的山脈似乎有著巫術般的力量，壓迫得兩人閉上了嘴、相對無語。擺放在房裡的雙人床，將他們驅趕到燈火通明的外部世界。政宇坐在餐桌旁，注視著眼前這個不現實的女孩，她的衝動、她的憤懣和狼狽，全都湧進了靈魂深處。

兩人關掉客廳的燈光，在餐桌上鎢絲燈的照明下四目相望。最終，她將手伸到了桌面上，政宇也用手掌覆蓋住她的手背。恩希露出一個微笑。

「我相信你。」

相信？男女之間最珍貴的究竟是信任，還是愛情？

「我周圍的人全都一團糟，相信只要有錢、就能做到任何事，我受夠了那種膚淺的想法。我想報復他們。」

「妳想殺了他們？」

恩希的臉上再度浮現朝氣蓬勃的笑容。

「傻子，那是犯罪，不是復仇。我希望靠自己的力量，堂堂正正地活著，我想讓他們知道，就算不像他們那樣歧視、輕賤他人，也可以過得很幸福。」

「我能夠給妳這樣的生活嗎？」

「什麼意思？」

「我早已和社會脫了節，我沒有未來。」

「你瘋了嗎？絕對不要說這種話，打起精神、看看身邊，周圍還有誰和你一樣，拿得到你們學校的畢業證書？」

名門大學的畢業生？這種論調他可就敬謝不敏了。

「我從小就愛看推理小說，你知道常看推理小說的優點是什麼嗎？」

政宇出自好奇搖了搖頭。

「就是看得到未來。」

「未來？」

「只要持續思考誰才是犯人，不斷閱讀下去，就會擁有一種直覺，並且得到一個不變的定律。通常看起來絕對不是兇手的人物，往往就是真兇。推理作家都說這樣才貼近真實。如果揭開謎底之後，原本就是反派的角色真的是歹徒，不可能引發讀者們的興趣。現實中那些複雜且多樣的事件造就了未來。」

她的說法還頗具說服力。

「你知道，在《莫爾格街兇殺案[56]》之中，杜賓逮到的殺人犯是誰嗎？」

既然說到杜賓，那肯定就是埃德加．愛倫．坡了。政宇翻找著幼年時光的記憶抽屜，他曾在閣樓昏暗朦朧的燈光下，讀過這位瘋狂的天才作家所寫的短篇小說。

「是一隻來自婆羅洲的大猩猩。」

「沒錯。我還是第一次遇到知道答案的人，太開心了。」

「所以妳看到怎樣的未來？」

女孩微笑著扯了扯自己的寬鬆的T恤，T恤上印製著一度風靡了所有歐洲暗巷青年的切格瓦拉肖像。政宇沒能理解她的隱喻。一九九〇年代的切格瓦拉，就和毛澤東一樣都是過了時的流行。

「我知道政宇哥在想什麼。你認為既然蘇維埃解體、柏林圍牆也已倒塌，這個世界的鬥爭就都結束了吧？」

政宇發自內心地感到驚訝。

「但你錯了。用那種方式推理的話，永遠也找不到犯人。『排除了所有不可能的結論之後，剩餘的答案無論多麼離奇，都必然是無可反駁的事實[57]』，這句話不是很帥氣嗎？」

「所以未來到底會變成怎樣？」

「我已經說過了。」

她用手指著切格瓦拉說道。

「在不久的將來，權力將會發生變革，你明白這代表什麼意思嗎？不是布爾什維克革命，我們將迎來的是議會主義革命，真正能夠以選舉改變權力結構的民主主義時代。不會錯的，這就是我看到的未來。」

政宇爆出一陣大笑。能在讀了推理小說之後得到如此獨特結論的讀者，她可能是史上第一個。

恩希的身體是這麼美麗。政宇第一次感受到高潮，在他進入她體內的瞬間，他感覺

---

56 發表於一八四一年，愛倫．坡撰寫的短篇故事，被公認為世界上最早的推理小說。杜賓為該小說中的偵探，亦成為後世許多偵探角色的原型。

57 夏洛克．福爾摩斯小說中的名言。

到自己被某種堅實飽滿的東西所拱抱著。

肉體的拘束暗示著即將迎來自由且無限的釋放。這並不單純。他緊盯著天花板，大口吸氣、調整呼吸，就像那些在山中奔跑時陷入跑者高潮（runner's high）的日子，他想持續跑下去。愛情竟能如此幸福的事實衝擊著他，精神有些恍惚，幸福不是純粹觀念的宇宙，而是成長在肉體這片田野之上的有機物。過去與異性接觸時、羞恥心總是令他壓抑著自己，這次它並未浮出水面。他在黎明前再次擁抱了她。

隔天，在民管線的探視所中，政宇握著她的手和她道別。

「妳會再來嗎？」

「我很快就會來的，每當政宇哥想念我的時候，我就會出現。我現在是你的人了。」

乘上返回部隊的卡車，政宇注視著禁止通行區域裡生長著香豔的林木，曉得自己又再次一腳踏入混亂之中。這混沌太過甜蜜，他似乎再也難以掙脫——人怎麼有辦法拒絕愛情？

一年過去，在中秋將至的一九九三年秋，陸軍兵長洪政宇回到自由的懷抱。在這段期間，女友前來探視近十次，給他寄了數十封情書。信件幫助他了解她樂觀的精神世界，即將畢業的恩希為了準備就業，正獨自居住在可樂洞[58]附近的新建公寓之中。

政宇在密陽[59]鄉下的老家待沒幾天就上了首爾。兩人開始同居之後，那輛曾在江原道山徑上翻山越嶺的愛斯波羅便成了他所有，接送有志成為航空公司空服員的女友去補習班上課，也變成他每天主要的工作之一。在她學習走台步和問候禮儀的期間，政宇就在附近的圖書館閱讀經濟學的專業書籍。

未來雖不明朗，但在他的二十歲後半，他過著人生中最幸福的時光。

58 位於首爾市松坡區的行政區，鄰近江南。

59 位於韓國東南方，慶尚南道的城市。

第二章　海市蜃樓與綠洲

政宇在蠶室的某間公寓中開始兼差工作。第一位顧客是個高三的女學生，正逢額頭上冒出青春痘的年紀，是個善良的孩子。

一個月後，他拿著擺在桌上的信封返家。恩希點了錢，數字遠遠超過政宇的預期。恩希說他這回好不容易逮住了一個高額的家教工作，她的話並不誇張。兩人在清潭洞的餐廳喝著香檳，慶祝他成功開張。

三個月後，女學生考完了期中考試，名列全班第一，在東大門從事批發業的年輕夫婦給家教老師塞了紅包表示謝意。陪伴這個熱衷學習的孩子數小時，就得到這筆錢作為回報，實在太過豐厚。

陸續有好幾個地方聯繫了他，希望能夠接受他的課外輔導。而在航空公司入職考試吃足苦頭之後，恩希便改以他的經紀人身分自居。作為一名家教老師，學生時期在全國排行名列前茅的成績，對學生父母發揮了極大的影響力。

此後，平日兩人都在健身房中度過，週末則一起去旅行。偶爾，政宇會為孩子記不得上課內容感到訝異，但他並沒有急於求成，因為此時的他也自然而然地了解到，每個人都有可能吸收不了所學。

結束晚間課程，返回公寓的途中，政宇被困在因車輛堵塞痛苦鬱悶的幹道上。那時，他想起在孩子的書架上發現的一行文字，「愛即是理解」。

不知不覺間，和恩希同居已經超過一年，他不曾懷疑過愛情。她將金錢和時間投資在務實的事物上，對未來亦有所規劃。

「我愛恩希，此即意味著我理解她。」

他變換主詞，完成了一個新的句子。

「恩希愛我，此即意味著她理解我。」

鮮少使用的肌肉似乎受到衝擊而扭曲，刺痛陣陣襲來。她真的理解我嗎？她也會留在同一個所在，見證我眼中所見的世界、守望我要前往的地方嗎？就連我自己也不清楚究竟要前往何方，她又談何理解？

那是往日的固疾。他望向副駕駛座，只見一個女人撇過目光、注視著窗外，性感的女人身穿黑色的披風和絲襪，那是在他青春期時夢中所見的夢遺魔女。只要女人結實的大腿和柔軟的腰身覆在少年身上，任何抵抗都毫無意義。電台裡，昭和天皇用模糊不清的嗓音閱讀著太平洋戰爭的停戰協議。昔日晦暗的惡疾壓得他不住呻吟，幻象和幻聽皆是支配著他的暴君。

政宇停好車，按下前往十七樓的電梯按鈕，打開玄關門走進熄了燈的房中，徑直撲進床鋪裡。察覺到動靜的恩希吐出淺淺的呻吟，從背後擁住了他。坐在副駕上、誘惑著少年的黑影魔女正垂頭俯視著兩人。

濃密的黑色髮絲和腫脹的小臉，政宇很久以前就在破瓦房的院子裡見過她。父親對著身穿內衣、躺在棉被上的女人嚷嚷著。

『賤女人！妳這妓女！骯髒的妓女！』

「愛即是理解，我愛恩希。」他閉起雙眼，腦中浮現女人寂靜的子宮，通往那裡的道路悠遠而複雜，恍若迷宮。在夢裡，他來到一座空蕩蕩的幽靈村落，發現一座廢棄的水井。他推開井蓋、望向井底，鍊金術士為幻夢中的賢者之石而著迷，井中則沉睡著他們的絕望。他意識到，自己既不能跳入井底，也無法放下汲水桶。

密陽最大型醫院的等候室就是老人家的集會所。父親為了摘除馬蜂窩、失足從枯樹上摔落的消息，總覺得含有一些戲劇性的誇大。

然而，當他看見躺在病房中的患者時，政宇卻笑不出來。

農人黝黑的臉龐像氣球般腫脹，籠罩著失敗者的沮喪。臀部骨折的他為了強忍痛苦緊咬牙關，只能勉強點頭來回應醫師及護士的提問。當被問及為何至今都沒有動手術時，母親流著淚水答道，因為錢。母親一直等著破裂的骨頭癒合，直到聽說病人可能會因痛苦而死，這才聯繫了他。對這潮濕狹窄的病房以及只知流淚的鄉下村婦，政宇只覺得火冒三丈。

手術花了大半個下午的時間，政宇在現金提款機上確認了銀行的餘額。從手術室出來的醫師，整張臉都消瘦了下去，他表示病患正值壯年且意志堅強，很快就能恢復如常。打了麻醉的父親陷入深沉的睡眠。政宇和母親一起到了鎮上的餐廳，吃了頓烤五花肉再返回醫院。一見父親正轉動眼珠凝望著天花板，於是政宇將手放上父親的額頭。

他覺得好似幼年時避暑勝地的事件再度重現，只是對調了角色。

母親堅持自己要守在病床邊，於是他獨自回到鄉下的家。他一抵達家中，鄉下犬隻便嗅到異鄉人的氣味，對著月亮激動吠叫。

政宇連襪子都沒脫就鑽進了棉被裡，疲憊和心安的感覺同時湧上。如果他沒有遇見恩希、沒有賺到錢，就不可能有今日的幸運。正是因為存在銀行中的那筆金錢，他才能告訴鄉下的醫生自己願意承擔延遲手術的責任。輾轉反側的他從冰箱中掏出已經走味的燒酒，恩希不在身邊，令他倍感痛苦。

隔天，他到病房中確認病人的狀態之後，繳交了住院費用便返回首爾，長距離的車程令他渾身僵硬。那一晚，他是否在恍惚之間擁抱了自己的女友？政宇決定更加用心對待學生，他願意付出一切努力，只要能讓這所有的幸運不會變成海市蜃樓、憑空消失。

手術後，恢復治療又經過十來天，在清晨響起了不祥的的電話鈴響，一口方言的年輕女子已經疲憊不堪。因為聽不明白對方在說什麼，他衝著話筒拉高了嗓門，腦中回想起老醫生的臉，似乎在說著只要手術結束、所有問題都能解決。

「阮已經事先和家屬說明過關於急性肺炎的風險。現在患者的狀態非常危急，所以阮才會急著一大早和您聯繫。」

對方的意思是，若要見親人最後一面就要盡快趕到醫院，他們無法保證患者能夠撐幾個小時。這位護士是不是不曾考慮過密陽和首爾之間的實際距離就打了電話？放下話筒，他依舊打不起精神。一身睡衣的恩希搖了搖他的肩膀。

「政宇哥，動作快一點的話，還來得及避開通勤時段。」

他阻止了說要一起跑一趟的她，開車上了高速公路，不顧恩希的囑咐粗暴地踩著油門。直到天色破曉、視野明亮起來，他才能夠理解為何護士會用如此冷靜的嗓音向他通報事態。她早已厭倦了這些患者家屬，錯以為一旦繳納了手術和住院的費用就算是義務已盡。

一抵達醫院，他便望見獨自坐在加護病房走廊上，母親泣不成聲的身影。病人已經在兩個小時前闔了眼，一旁的護士帶他走進病房，政宇垂眼看著父親，僵硬地呆立在原地。男人來到世上畢生無功無過，帶著失敗的一生陷入了深沉的睡夢之中。

歷史不會記載凡人的死亡，死者留下的一切，只有毫無意義的一團基因，也就是自己。政宇無法相信一個生命竟會消亡地如此輕易。他推開陌生的傷悲，男人從城市貧民蛻變為鄉下的農夫，他的死亡是不完滿的腳本，無法滿足高水準的觀眾。

葬禮採三日葬[60]形式舉行，村中里長和幫忙祭儀的張醫師趕到了醫院。兩人都已是佝僂著腰、白髮蒼蒼的老年人。他們向故人的逝去致哀，為喪主提供舉辦喪禮的實質性建議。

60　韓國喪禮可能舉辦三至七天不等，期間須不斷接待慰問賓客，形式相當慎重。不熟悉或不認識的客人都會前來弔唁，陪同喪主哀悼，被視為禮儀，故對喪家心力與體力的消耗極為巨大。

木蓮花盛開的鄉下院子為往生者籌辦了舞台，搭起運動會上可見的輕便遮陽棚，也鋪設了厚厚的會客草蓆。為抵抗凛冽的晚風，還準備了燃燒柴火的油筒。在現代化之前，往日鄉村裡的喪家情景，不知為何總散發著濃厚的人情味。他原想和早早就守了寡的母親對飲一杯酒，兩人安安靜靜地辦場葬禮。父親生前如流浪者一樣飄泊各方，他能斷定前來替他弔唁的客人至少會有十隻手指頭的數，然而，透過網路發送奠儀、便算傳達了心意的時代還沒到來，人們已經做好了準備要替死者致哀，分攤遺屬的悲痛。

第一天，村裡的村民佔據了前院，感同身受的一同落淚。村長指揮著，如訓練有素的士兵，婦人家在廚房裡燉肉、煎餅、燉煮醒酒湯。男人們就著燒酒和馬格利[61]喝得醉醺醺，沒有和喪主商議就逕自決定了喪禮的程序，偶能聽見他們口中說著招魂、發喪、訃告、殮妝、入殮、穿壽衣、出殯、送殯、下葬等等的話語。

政宇獨自坐在房裡，守候往生者的最後一程。直到汽車的車前燈照在圍牆外頭，他才第一次離開位置。一走出門外，他就看見從計程車上下來的恩希，她跑上前來撲在他懷中，哭了起來。她沒有理會他電話裡的婉拒，反倒衝他發了火、駁斥他自己怎能缺席。直到他將淚流滿面的女友擁入懷中，這才首度真切體會到父親的離去。

他介紹恩希為他的未婚妻，在葬禮期間被視為家中正式的兒媳婦。她在運動褲外頭套上黑色裙襖，一同接待弔唁來客。

在眾人之中，母親最為她的現身感到吃驚。面對憑空出現的首爾姑娘，怕生的母親冷淡地迴避視線。然而隨著弔喪的客人越來越多，她和恩希一起哭著喪[62]，母親看待恩希的目光也有所轉變。既不是拘謹也不會怠慢，在尷尬的態度消失之後，她待恩希有如親女兒一樣親密。出殯期間也不曾倚靠兒子，而是倒在恩希懷中痛哭。

縱使幾個酩酊大醉的老人家數落起往生者這是客死異鄉，抱怨連連，前來弔唁的客人也沒有減少，親戚朋友紛紛聞訊趕來。第二天，政宇年輕時的朋友和大學前後輩都從首爾南下表達哀悼，鋪設酒席的草蓆上擠滿了人，擁擠得幾乎找不到空位，即使夜色漸深，沒了末班車的人們也沒有回去的準備。直到深夜，村中長輩各自返家，他才夾在弔唁客人之間喝起酒來。

他曾斷言他再也不會見到這些朋友，他們邊飲酒，邊調侃著他找到了漂亮老婆。期間恩希正在廚房裡，用冷得像冰一樣的地下水清洗碗盤，做收尾的整理。哭喪的時候她

61　以米為原料發酵製成的韓國傳統濁酒。
62　韓國許多地方仍相當重視傳統的哭喪禮俗，在喪禮上喪家和來客需大哭以表哀思。

嗚咽得哀戚悲切，令人想像不到她竟是生長在都市中的女人。她的淚水讓人們為之心痛，一結束哭喪，她便忙於整理善後。

葬禮的最後一天，前去下葬地點的途中，母親不斷尋找恩希。不知從何時開始，只要恩希不在身邊她就感到不安。在安放好棺木、蓋上沙土的時候，她們也像對母女般擁抱著流乾了剩餘的淚水。

春寒料峭，直到下葬儀式結束，冰冷刺骨的寒風吹得人們瑟瑟發抖，長空清明而空虛。一整理好塚墳，人們便紛紛離去。

回到家中，他結清了葬禮所需的費用。出乎意料的奠儀數目即使支付了醫療和葬儀的支出後還有剩餘，恩希讓猶豫的他將剩下的錢都匯進母親的戶頭裡。她清澈的面容一點都不像是連日來未能洗漱也無法安睡，沒日沒夜奔波勞累的疲憊女子，他無法想像，她究竟是從哪裡擠出這樣超人般的力量。

母親回到裡屋歇息之後，這對戀人連喪服都沒能脫下，便就著尚有餘溫的房間地板，相擁著睡了午覺。在往生者拋下的這個世界，逐漸迎來花朵和蝴蝶乘著西風嬉戲飛舞的風景。

又到冬季。遺忘帶給人們想像中的春日。政宇在密陽的山寺中做完四十九日祭之後忘卻了父親的離世，他只覺得母親對待恩希的態度頗為和善，沉醉在安穩的日常之中。即便未來依舊不清晰，他也並未因此感到困擾，只要他能給母親匯去生活費、能和女友在週末一起去旅行，就足以洗刷他對世界的不滿。

聖誕節前夕的週末午後，他坐在狎鷗亭洞的咖啡廳裡翻看著雜誌。由於約定面談的學生父母時間對不上，他意外地擁有了一段自己的時間。當時，他正閱讀著汽車相關的欄目，陷入是否該購買新車的苦惱之中。

「嗨？是政宇哥吧？」

他抬起頭一看，素淨的一張臉，一個女人，穿著平平無奇的大衣、脫了線的針織毛衣和毛織長裙站在那兒。

女人的神情介於確信和疑惑之間，她的臉讓政宇察覺到過去曾感受過的混沌氣息。他努力想識別這個女人。她不安的目光、畏懼的表情，讓他聯想起自己第一次來到狎鷗亭洞的日子。他收緊眉間、摸索著女人的身分，然後像個看見奇蹟的人似的僵在原地。

「我……我是智芸。還記得我嗎？」

縱使她已慌亂地羞紅了臉，政宇依舊動彈不得。面對經歷漫長歲月才迎來的戲劇性邂逅，他的反應實在太過枯燥，但實際上，他卻像在未知的叢林之中，被飛竄的箭矢擊中的士兵，感到強烈的疼痛。

認出她面孔的那一剎那，他驀然想起了愛情這個單字。那是伴隨著春日的泥土氣息一起深陷地獄，未能獲得祝福的存在，而今復又歸來。

＊＊＊

過去如海市蜃樓般消失得無影無蹤。漢娜失去工作、也和男友分了手。精準地來說，或許該說是被炒了魷魚，並被男朋友拋棄更正確。

漢娜重新撰寫了履歷。那時她正查看著求職網站，確認履歷投遞的結果，卻在搜尋收件夾裡剛寄到的電子郵件時，發現了熟悉的名字。發信人是媽媽。她讀到勿婚這個陌生的漢字語，漢娜皺起眉頭，將那兩個字再讀了一遍。

切勿的勿字和婚姻的婚字，勿婚，按照字面解析就代表著不要結婚的意思。她雖然聽過不婚和卒婚，卻是頭一回看到勿婚。

漢娜呀，盡快忘掉和男友分手的事吧，還有關於結婚一事，媽會百分之百支持妳的想法。我希望妳能透過婚姻變得更幸福，但若妳決定勿婚，媽也不會反對。畢竟對現在的妳來說，事業更要緊。你明白媽的想法吧？

漢娜闔上筆記本電腦，走進浴室沖了個澡。她吹乾頭髮，整理好衣著，做好外出的準備。這天是她面試兼職工作的日子。

咖啡專賣店給她提的薪水是最低時薪，老闆將履歷查看一遍，詢問她現在是否能立刻開始上班。漢娜換好制服，立刻投入店面的工作。此時正好是上班族們用完午餐、為了享受短暫的咖啡時光，紛紛湧入咖啡廳的時刻，絲毫沒有餘暇讓漢娜思索自己的處境。

過了半個月，漢娜已經可以不倚靠助力，獨力完成大部分的工作，不只是清洗咖啡杯、打掃店內環境，她還學會了沖煮咖啡、製作嚴格繁複的飲品。漢娜早上九點到班，工作到晚上六點交接後下班。

勞動的強度比她預期的還大。馬克杯太重，長時間清洗杯具會使得手腕發麻。剛開始，連接受點單也不是件容易的工作，優惠券和折扣的方式太過繁瑣，令她反覆出現同樣的失誤，接待刁鑽的顧客更叫她疲憊不堪。但最大的問題是錢。縱使她勤勤懇懇地工作了一個月，回饋給她的薪水卻少得可憐，就算放棄所有文化娛樂等個人生活的興趣，金錢也像握在手中的水一樣不斷溜走。

不知不覺間又到了寒風吹拂的季節。漢娜回到月租套房，後悔自己魯莽之下做出的決定。接受有力人士的幫助、走後門進入公司這點小事，她完全可以裝聾作啞，反正還有更多人反為自己的背景感到自豪。高喊著經濟獨立的主張，搬離母親替她準備的公寓更是令人痛心的失策。

將超過三分之一的月薪都拿去支付房子的租金之後，她幾乎所剩無幾，每個月的餐費、交通費、各種公共費用和生活雜支都壓在她身上。親自下廚花費太高，所以她只能依賴速食和即食食品，營養狀態也每況愈下。購買流行的化妝品和當季衣物是毫無意義的奢侈行徑，更遑論進修和思考。在冬日夜裡，她獨自躺著，詛咒那些不知世間疾苦的暢銷書作家。他們信誓旦旦，只要踏實工作，一定能夠解決金錢問題，那麼，難道我是活得得過且過嗎？她將手臂舉在額上，看著黑漆漆的天花板陷入沉思。

隔天，她才剛抵達延禧洞的咖啡店，老闆就神色陰鬱地找到了她。因為房東要提高店面租金，只得將店面收起來。不過一個月前，老闆還詢問她是否願意擔任店經理，會替她加入四大保險[63]，還說只要生意好，提高工資也不成問題，當時老闆就站在義式咖啡機前微笑著說道。她是位三十歲中半的已婚女性，咖啡廳開業不過兩年，現在好不容易累積了常客，正漸漸站穩腳跟。

老闆終於忍不住掉下眼淚，她還有個上幼稚園的孩子，和剛開始領失業救濟的丈夫。漢娜安慰著絕望的女人。她怎麼想都覺得怪異，自己和老闆同樣兢兢業業地工作，但生活卻沒有好轉，反而漸漸往糟糕的方向發展。

新的一年，漢娜又再度丟了工作，成了失業者。西伯利亞的冷風如佔領軍般襲來，嚴冬好似要凍僵人的心臟。她縮在電熱毯上蓋著毛毯，再次檢索著網路求職網站，才兩個月不到，她的存摺就見了底，她羞恥地用媽媽的信用卡買了麵包和牛奶。

她躲到圖書館中取暖，圖書館是無處可去的失業者、和準備就業的新鮮人的避難所。他們翻閱著公務員考試問題集和各種試卷，懸樑刺股、埋首苦讀。漢娜與他們不同，她只是在書架之間翻看著書名惹人注目的書籍，打發時間。

她讀了馬基維利的《君王論》，也讀了在國內大受歡迎的以色列文化人類學者的暢

63　包含國民年金、醫療保險、工傷保險、勞動保險，為韓國勞動部強制性的僱傭保險。

銷書。她重讀了但丁的《神曲》和荷馬的《奧德賽》，雖然馬克思的《資本論》冗長又乏味，但湯瑪斯．皮凱提的《二十一世紀資本》卻很有意思。

矛盾的是，在工作期間無法享受閱讀和思考，這種奢侈唯有在失業時才能實現。讀著被視為無用之物的書籍，她逐漸恢復近乎營養失調的身心靈。她像隻啃食著桑葉的蠶寶寶，在圖書館裡養胖了自己、驅散寒冷和失落感。

這般讀著讀著，她偶然發現了朝鮮著名妓生黃真伊[64]的軼事。漢娜想起以前意圖撫摸自己的屁股、淨幹些猥瑣之事的中年男子，曾唱過名為〈黃真伊〉的流行歌曲。黃真伊這名女子身上的廉價形象，多半都出自這些歌謠。她或許是奪走男人心魂的蛇蠍美人，但對漢娜來說，她不過是生活在久遠之前的妖婦或娼妓。

但文獻中所記載的她，真實面貌與大眾文化中的形象很不一樣。《於于野譚[65]》的作者柳夢寅[66]並未花上大把篇幅吹捧黃真伊的容貌或美色，只是以簡短的一句「女中之倜儻任俠人（女性之中抱負遠大、行事豪俠之人）」描寫了她。

她聽聞金剛山是天下名山，於是說服宰相之子李生同遊，展開長程遊歷。她披掛松蘿[67]、身穿葛衫，一身粗布衣裙、手拄竹杖，在金剛山深溝幽壑中無處不往。旅行的六個月之間，兩位先人的衣物破爛不堪，臉上髒污黝黑，日常的食糧皆是向散落山中的寺廟乞討而來，或是向僧侶出賣身軀來換取。

漢娜反覆閱讀著這個段落。同行的李生明明知曉她將身體出賣給和尚，卻也並未將其視為污名或過失。漢娜無比混亂。她難以分辨，究竟是因為真伊是個身分低下的妓女，於是男人對此視而不見，還是男人為人豪放灑脫，才能夠接受真伊。無論理由為何，黃真伊顯然不是個世俗之人，她早已擺脫了比起性命更重視貞操的倫理觀。即使在結束金剛山的遊歷之後，她也和當代絕唱李士宗過從甚密，簽訂為期六年的婚姻契約[68]。

闔上書頁，她的眼前一片昏黑。這個活在數百年前的女子，不僅她的特立獨行令人印象深刻，她果敢的判斷力和執行力更讓人震驚。她想要親眼見證金剛山的美麗，為了實現目標，甚至不惜將身體出賣給僧人。區區肉體有什麼大不了的？她似乎能聽見嫣

64　1500-1560，為朝鮮時期著名詩人和妓生，名列松都三絕之一。
65　朝鮮時期相當具有代表性的筆記文學，記述許多當代人物事跡。
66　1559-1623年，號於于堂，為朝鮮王朝中期的作家、書法家。
67　附生垂掛在松樹上的叢生地衣植物。說明黃真伊對深山老林環境毫不介懷。
68　朝鮮時期收婢女妾室為契約制，需簽約明定婚姻期限，到期後男方亦須給予一筆錢保障女方生活。故擅長醫術、歌舞的女性在這方面較占優勢，有一定的地位。

媽的喃喃自語，在耳邊幻聽似的迴盪。

雖然嘴上否認，但漢娜確實非常珍惜自己的身體。珍惜？她不禁苦笑了起來。她明明看不起貞節和純潔，將這些視為封建時代的產物，事實上卻畏懼和異性有性的接觸。

這麼說來，男人又為什麼重視女性的身體？答案倒很單純，女人是男性的財產。但黃真伊並不是屬於任何一個男人所獨有的財物，因為這層理由，她就能憑藉著自己的身體和對方討價還價。雖然將婚姻解釋成買春賣淫的交易是有些過度解讀，但今日的婚姻制度確實演進成了畸形的狀態。女性為何能夠欣然接受這樣不合理的制度？單憑婚姻是嚴守一夫一妻制的防禦網這種守舊的理論，無法充分解釋。她混亂無比。

漢娜闔起書本，走到外頭的街道上。花壇裡的庭園樹木裸露出瘦骨嶙峋的枝幹，像被罰站的孩子般發著抖。

她想起熱帶的森林，那是受到陽光和雨水洗禮的肥沃土壤，綻放出華麗花朵的異國叢林。

她想逃離。去金剛山是不可能的，但阿爾卑斯山脈和落磯山脈卻有機會，在赤道的海邊漫步、觀看北極的冰河也不屬於不可能達成的領域。問題是錢。學黃真伊一樣兩袖清風的方式遊歷各方並不現實，但漢娜依舊對這些奇思妙想充滿渴望。

走回套房的路上，她看見娛樂場所的招牌四處林立，整段路漢娜都沉浸在她的幻想之中。在安地斯山脈的古代天空之城馬丘比丘，或許那裡仍有志氣相投的人們隱居著。但首先，她必須離開。

一通意外的電話鈴聲響起，來自在江南經營投資公司的藝術品收藏家，是在聚餐時試圖偷摸自己臀部的中年男子。漢娜心驚膽跳地按下通話鍵。掛了電話之後，她因無法理解自己的應對方式憤怒不已。

她取出掛在衣櫃裡的大衣。這件衣服在去年冬天乾洗過後，就再也不曾穿過，也是在遞出辭呈之後變成無用之物的高價新品之一。

漢娜將從圖書館借來的書一股腦全扔在床上，然後在浴室的鏡子前化好妝容。她像是要抹去那個連兼差工作都搞丟、只能用母親的信用卡勉強維持溫飽的愚蠢女人，將臉孔換上了華麗的色調。她搭上計程車，沒有理會年輕司機不斷的瞥眼打量，始終用冰冷的視線，凝視著窗外。

約定的場所是市中心知名酒店的韓食餐廳。她大致曉得這家獲得米其林三星的餐廳套餐餐點的價格。張英錫會長在門口搓著手等候她到來，看似秘書的年輕男子，臉上的神色看起來比張會長還緊張。等漢娜和張會長一踏進餐廳，男子便鬆了口氣似的退下。

女服務生將她們帶進預約好的包廂，張會長接過漢娜脫下的大衣。服務生一鞠躬退出包廂外頭，漢娜便感覺自己像赤身裸體似的，飛紅了臉。張會長看著她臉紅的模樣，露出一個意味深長的笑容。在兩人打著招呼、相互問候時，漢娜感到一股微妙的熱意。

「漢娜小姐依然這麼美。只要能促成這次的交易，我肯定會給妳一筆豐厚的佣金。我這人做事的風格，妳曉得的。」

他細嚼慢嚥地品味著開胃菜生蠔，一邊說著。

這次見面，表面上的理由是為了一名畫壇中堅畫家的繪畫作品。漢娜確實聽說過，由於該藝術家在海外展覽中身價大漲，收藏家們紛紛為了購入其早期的作品忙於投放資金。但她在接到電話時也感到訝異，因為這類交易，依慣例會透過畫廊或中間商進行，實在沒有理由非得委託給已經離職的新人策展人。

「我一聽說陽平[69]的朴社長非常疼愛漢娜小姐，就認定妳就是最合適這個工作的人選。反正世上萬事，最終都得回歸到這個人脈上來，是吧？這個業界裡，人人都曉得朴社長性格挺孤僻的，更何況我也想挽回先前對漢娜小姐失禮的事情。那天我實在喝得太多了，妳明白我的意思吧？」

失禮？當時漢娜認真考慮過該不該提告性騷擾，但考慮到展覽結束後，藝術家和同事們都在為售出的作品歡天喜地，她這才作罷。這回情況不同了。漢娜專心致志地傾聽著他的話，連連點頭附和，好似他的邏輯沒有任何漏洞。因為對方的提案，可能成為她突破現狀的關鍵。

「我聽說那位社長家裡收藏了好幾幅金仁厚畫家二十歲時創作的畫作，妳請他讓出兩幅就好了，每幅我都打算出到一張[70]的數。畫作由漢娜小姐替我挑選就行，只要能拿下好作品，佣金部分就請漢娜小姐妳自行決定，畢竟這都是憑妳個人能力換來的嘛，是不是？

這一行的運作是什麼情況，我也早看透了。就上個月，我買了一幅抽象畫，藝廊館長那個女人從我這兒抽走了七成的酬勞，她只差手上沒亮刀，抽得這麼兇根本跟強盜沒兩樣嘛！哎呀，雖然對我來說，只是用適當的價格買到了想要的作品，我也很滿意，但還是對藝術家挺不好意思的。要是只有這些貪得無厭的中間商能過上好日子，那這個

69 地名，位於韓國京畿道東側，自然風光豐富、接近首爾生活圈。

70 通常指一億韓幣，當時約合台幣三百萬。

產業就沒有希望啦。」

漢娜強忍著沒有苦笑出聲。要知道，這男人的本業可是低價購入股票和房產再強行倒賣，真難想像會從他口中聽到這番話。或許他認為不動產和藝術品是不同層次的交易，無法相提並論吧。

漢娜甩開腦中的雜念。這可不是什麼探討藝術品交易市場的研討會，而是單方獲利、另一方必定承受損失的零和遊戲。她已在心中算清了帳目，一幅作品一億元，購入兩幅就是兩億。就算她只收取合理的中介費，金額也極為可觀。通常越大筆的交易、抽成就越高，如果貪一點，像他所說的那樣扣下大半的費用，她便能一夜發家致富。雖然他指責藝廊館長一口氣抽掉大筆金額，但一般透過競價拍賣成交的買賣，七成其實只算得上業界慣例。

漢娜感到口乾舌燥。反應機敏的張會長立刻將空杯倒滿了啤酒，推到她面前。

「來，我們先乾一杯，預祝這樁交易成功。」

漢娜只稍稍啜飲了一口，便放下酒杯，接著灌了一整杯的冷開水，她與這男人的會面，只能限定在工作的領域。相反地，張會長卻興致高昂，對話中大半的篇幅都關於高爾夫和女人，其餘部分則有關他賺到的錢。他沾沾自喜的描述著幾天前是如何打出一桿入洞，又是如何大手筆地投資了多少人。

漢娜制止了他。

「請您明確地告訴我，我該做些什麼。」

張會長好像這才回過神似的，雙眼圓睜、凝視著漢娜，接著帶著難為情的神色說道。

「漢娜小姐，妳認為什麼叫做美？」

這可不是視收益極大化為至善至美的資本家該有的提問。

「我很清楚漢娜小姐是怎麼看我這個人的，妳八成認為我就是個財大氣粗、卻沒什麼文化的生意人吧。

用不著否認，我本來就是這種人。若不這麼做，我就無法生存下來，這就是我這行的生存之道。只要看看我身邊的人就曉得了，清一色全都是詐欺犯和江湖騙子。或許就是我開始收集藝術品的原因，我只是想擺脫和我一樣的混帳流氓罷了。好吧，我是認為這產業現在也沒什麼救，但無論理由為何，起初就是那樣一個想法。

因為真的很美，這玩意說起來還挺奇妙的。我以為我從本質上壓根就不瞭解那些風花雪月，但某幅畫完全改變了我的人生。我本來只是要去巴黎度蜜月，卻在奧塞美術館發生了那件事。我以前提過沒有？是梵谷。我只是站在那個人的畫作前，就忍不住開始渾身冷汗直流，後來又是嘔吐、又是暈眩，最後甚至昏了過去。」

漢娜不禁重新審視起他的面孔。

「美就來自瘋狂，透過梵谷，我才明白了這一點。」

漢娜不經意地點了點頭。頹廢派，當代美學最受爭議的流派之一，頹廢主義的藝術思潮淵遠流長，杜斯妥也夫斯基亦曾痛斥美就是駭人、令人畏懼之物。話題聊得太遠了，她並不是要來和他爭辯美學觀點的。

「當人愛上了某種美，甚或只是愛上女人胴體的某一部分，他便能放棄子女、背叛父母、甚至出賣祖國俄羅斯。[71]」

或許是心有靈犀，他也引述了杜斯妥也夫斯基。

「我這個人哪，沒有背叛家庭、背叛祖國的勇氣，但我出得起錢。雖然別人都覺得我是瘋了才會投資藝術品，但我並不這麼認為，他們根本不了解購買藝術是多麼棒的一件事。這次交易，我就全權交給漢娜小姐了，如果是妳，一定辦得成的。」

他露出滿意的笑容按下服務鈴，穿著迷你裙的服務員很快就打開包廂門走進房中。張會長豪氣地打開錢包，遞出信用卡。這是宣告今日的會面到此為止的動作。在他們一起搭乘電梯、下樓至大廳的途中，漢娜的腦中有些紛亂，覺得自己似乎低估了這名拜金主義者。藝術市場爆發性成長的背景之中，資本主義的影響力巨大，產業資本與金融資本正在吞噬全世界。若想在這個世界生存下去，該怎麼做才好？

張會長年輕的秘書已經備好了車輛，正在大廳中等候，豪車的車主帶著心滿意足的微笑，消失了身影。漢娜也在酒店職員的指引下搭上了計程車，她靠坐在椅背上，凝望著高樓大廈形成燈火通明的水泥叢林。

就在這時，沉寂了數月的銀行通知訊息恰巧響起，那是告知她餘額為零的戶頭已經匯入預付訂金的聲音。緊接著，她接連收到彷彿已經預先準備好的文字簡訊，內容可說是一種契約，具體指示了她需要為本次交易做些什麼。漢娜仔細地閱讀簡訊，第二遍、第三遍，並在深呼吸之後回了訊息。

「與賣方談妥之後，我會立刻動身前往陽平。」

她將手機扔進肩背包裡，閉上了雙眼。人類該如何從金錢的桎梏中獲得解脫？漢娜察覺到自己看待這世界的方式一直以來都太過樂觀了。世界並不是像拜金主義者眼中那

71 引用自杜斯妥也夫斯基的小說《卡拉馬助夫兄弟們》。

樣單純，也不若不可知論者的哲學那般複雜。世界就是混沌的本身。

陽平朴社長和張會長是全然不同的類型。在與摯愛的髮妻訣別之後，這個男人便黯然神傷地遁入山林，遠離塵世離群索居。年過古稀的老人還有兩個在美國讀書的女兒，兩人都因為各種理由沒能回來貼身照顧父親。兩個女兒像囓咬著冰箱裡的奶酪一樣，一點一滴地將父親的財產啃食殆盡。姐妹倆出落得亭亭玉立，分別居住在美東和美西，不約而同地交了美籍男友，訂下終身大事。近來，會長正為了兩個女兒的婚事，為錢傷透腦筋。

對不幸的漢娜來說，他就是通往成功的鑰匙。她租了車，一路來到陽平，特意一身打扮牛仔褲加藏藍色外套，使人聯想起兩名青春漂亮的女兒。朴社長用清香宜人的高級綠茶迎接漢娜，一提起畫作的話題，他便小心翼翼的詢問了價錢。聽到漢娜的答覆後，老人旋即露出安心的神色。

「當時金仁厚畫家還是位無名的藝術家，他聽說我買了好幾幅他的畫，甚至帶著妻子來向我當面道謝，真是位單純且知榮辱的青年。想不到他居然會在美國獲得成功，真叫人難以置信，我本想將這些畫珍藏一輩子，將來給每個孫子的房裡都掛上一幅的……。」

漢娜查看了總共十二幅的畫作，全是金仁厚早期的作品，能展現出畫家當年的繪畫實力，畫作幾乎都在伯仲之間，難分優劣。漢娜請朴社長挑出自己喜愛的畫作，再從剩餘的作品中挑出了兩幅。看了漢娜的選擇，朴社長豪放地笑了起來，伸手拍拍她的肩膀。他的手勢就像種鼓勵，送給他遠在美國的兩個女兒。

當晚，漢娜便將兩幅油畫裝進後車廂，回到首爾。隔天，張英錫會長透過秘書將裝滿現金的購物袋轉交到她手上。

漢娜將畫作移交給秘書，並在扣除抽成之後，將其餘的錢給了賣方。至此，交易順利完成。對於在房地產和股市投資上獲得成功的張會長而言，這次買賣不過是一點零頭。在這位給十六歲的年輕繼室送上一輛勞斯萊斯當作禮物的大腕身上，有個與眾不同之處，他厭惡在股票投資時進行技術分析和價值投資策略，他是個純靠直覺和運氣作為投資策略的賭徒。

十年後，在金仁厚畫家因胃癌過世時，張會長果斷的投資成了好事之徒唇槍舌戰的主題，他為什麼會選擇購買金畫家早期的作品、以及如何能夠挑選到這些曠世傑作，都是論戰的核心。事實上若知曉內情，便會知道這些雄辯滔滔都毫無意義。一如張會長所言，他這人擁有了命中註定的天數，沒有人能夠攔阻幸運女神福圖納[72]大把灑落的黃金。

漢娜充盈著想要瞭解這個世界的渴望。她想在全新的世界裡改變自己，想要像一隻破殼而出的飛鳥，振翅飛向燃燒的太陽。

金錢給她帶來自由。她曾如此蔑視金錢，到了手後卻喜不自勝，而這還不過是資本各式各樣的面目之一而已。漢娜深刻地認識到自己的不足和侷限，這世上存在著僅憑書籍和思維無法理解的機制，因此，衝動之下她就買了前往歐洲的機票。有些時候，先闖出禍來再進行思考才是明智的選擇。

漢娜以藝術館巡禮做目標制定了旅行計畫。最令她印象深刻的展覽，是在倫敦的泰特現代藝術館，展場五樓的前衛藝術展示區中，在面部被做了陰影處理的韓國男性裸照前，漢娜駐足良久，無法挪開步伐。

作者是徐延珠。漢娜雖不曾見過她，卻並不覺得陌生，照片喚醒了漢娜內心不明的恐懼和興奮。我的心為何會為那男子的肉體而動搖？作品題名是〈失敗的革命〉，創作於一九九一年。一九九一年也是徐延珠畫家考進美術大學的第一年。在藝術圈中關於畫家與生俱來的天賦，早已是老調重彈，但真正站在她早期的作品之前，才能夠理解對天縱英才的盛讚絕非誇大其詞。

徐延珠來到歐洲之後所創作的油畫作品，曾有好一陣子專注於講述西歐左派知識份子的失敗與挫折，她在攝影上的經歷，是她能夠創作出這系列重要油畫作品的發端。縱使不是〈失敗的革命〉這樣直白的作品名稱，光是觀看著照片，觀者也能看出畫面中作為模特兒的男子，精神上的混沌與幻滅。男子細膩的肌肉和肌膚好似冬日裸露在地表的樹根，展現出原始的生命力。

自然無關道德。人類不多也不少，正是屬於自然的一部分。從男子的四肢伸展出的枝椏和根鬚纏繞著漢娜的身軀，喚醒她對生命本能的慾望，就像星星之火延燒整片廣大的樹林，自然在要求她做出改變。

那一年，漢娜在歐洲各個著名的藝術館漂泊了兩個月，在驚奇的戰慄和瘋狂中度過了春天。她在布達佩斯偶然遇見的英國青年共度拂曉，雖然時間短暫，但顯然是種愛情。他著迷於布達城堡山上的馬加什教堂，以及以新羅曼風格打造的漁人堡，不愧是專攻建築學的青年，對每件事都很認真。

與他分別之後，她在布拉格遇見一名韓國青年，他是在首爾休了學，前來背包旅行的學生，他說自己純粹是為了尋找卡夫卡留下的足跡來到這座城市。漢娜和他一起搭火

72　羅馬神話中的幸運女神，為眾神之王朱比特之女，代表豐饒和運氣。

車旅行了三天。當她搭上橫跨大西洋、飛往北美的班機時，她曾想給張會長寫張明信片，寫著寫著卻不禁大笑起來，撕掉了紙張。

結束長程飛行，一睜開雙眼，她已來到另一個世界。進入落磯山脈的門戶卡加利國際機場，此刻正下著遮蔽視線的傾盆大雨。驀然間，她憶起往日裡那段火熱的文句：

「女中之倜儻任俠人。」

＊＊＊

「同時愛上兩個女人既非不可能，也不是不自然的，那便是純粹的愛情。」

政宇靠坐在扶手椅上，閱讀著赫胥黎的《針鋒相對》。他抬起頭來，凝視著恩希在廚房裡做晚飯的身影。恩希將暖氣刻度調到最大值，提高了室內的溫度，悠閒地哼著歌做飯。政宇像在察看陌生人似的觀察著女友，她恍若一件訂製傢俱，專門為他量身打造。

陡然間，他感到一陣疼痛襲上心口，痛楚伴隨著模糊的微笑。不過數個小時前，他還在江邊和智芸一同走著，不，他是在等著智芸對他吐露心聲。他想知道，究竟是什麼樣的恐懼將她推向極度的不安——女人濡濕的眼角，向他展現了一個紊亂的形象。他有種衝動想要開口詢問事事條理分明、以嚴密的實用哲學武裝自己的恩希，『智芸為什麼會再次出現？』……

「政宇哥，吃飯吧。」

他在恩希的呼喚下站起身來，放在膝上的書籍隨之掉落，發出沉悶的撞擊聲。與此同時，胸口的疼痛也消失了。越接近廚房，他就越能感到暖意，他舉起湯匙嚐了口大醬湯。恩希用雙手托著下巴，向政宇露出心滿意足的微笑。

晚餐過後，他們在附近的公園裡散步，由於氣溫下降，公園裡不見其他居民的身影。不必上家教的日子，恩希的心情總是格外愉快，雖然兩人都用厚重的外套和圍巾層層武裝，她仍緊貼著他的身子，不曾分離。

那天晚上，恩希躺在床上讀著喬治·西默農的《神秘的梅格雷》。在她闔上書頁、熄燈之後，政宇想起了相隔數小時、和兩個女人的散步。恩希的步伐充滿力量而惹人喜愛。智芸則在寒風中瑟瑟發抖，瑟縮著肩膀，他牽起智芸的手，混雜著憐憫與愛意。他分不清什麼才是真實，心臟怦怦直跳，或許都怪睡前喝的那杯紅酒。他始終沒能釐清思緒，輾轉反側地陷入淺淺的睡眠。

春日到來，櫻花紛飛，街道彷彿迎來了永恆的平和。在街上，政宇和智芸碰了頭。她穿著運動鞋和牛仔褲，蜷曲的捲髮不知何時變成了自然的波浪捲。他們有如其他新婚的夫妻，穿著尋常的衣著、挽著手臂，走在午後住宅區的小巷裡。

然而，心靈的平靜卻並未維持太久。每當他從狎鷗亭洞回到可樂洞的公寓，他便會想起智芸淒清的眼神，輕撫著自己的臉頰和脖頸。她的瞳孔中寫著充滿屈辱的順從，如廢棄家宅裡那口井水般幽深，同時，她也會朝天空射去埋怨的目光，如水田般乾涸龜裂。為了讓她安心，政宇費盡了心思，在她的耳邊無言地低喃，「這裡很安全，沒必要感到不安」。

「政宇哥，我接下來要說的話你先聽著，不要誤會。」

來到先前巧遇的咖啡廳，他們正好坐在同樣的位置上。

「政宇哥對現在的自己滿意嗎？」

政宇一言不發地注視著她。自從同居的第一天開始，他和恩希就一直坦誠相待，雖然或多或少掩藏了一部分的內心，但他仍盡最大努力保持坦率。

「我的意思是，你是否滿意現在的工作？」

這倒是個出乎意料的提問。

「我並不討厭這個工作，孩子們都很聽話，更重要的是賺得到錢。」

「即使是這樣，你也不能一輩子做這一行吧。所以我在想，要不要拜託一下我爸，聽說他們這次要招聘新進員工，只要政宇哥願意，他一定有辦法。」

「什麼辦法？」

「這我也不清楚，我爸會看著辦吧。」

「所以妳的意思是，要我去參加記者考試？」

智芸點了點頭。然而，看著她的模樣，政宇卻忍不住笑了出來。

「我會幫你想辦法的。書面審核一定能通過，用不著擔心，問題是筆試。如果是我爸，就一定能處理。」

政宇發現她並不是在說空話，也意識到智芸至今還不太了解自己。他對任何類型的考試都不畏懼，雖然自己的大腦因夢想和絕望遭到破壞，但這點程度的考試，他的腦容量還負擔得起。問題在於意志。

「只要給我畢業證書就行了，其他的我會看著辦。我從不懷疑政宇哥的能力，但如果我不出點力，你根本連試都不會去嘗試吧？」

送智芸回家之後，他在返回可樂洞公寓的途中，車子突然在蠶室大道的正中央熄了火。他將車推到人行道旁的車道上，給恩希打了電話。

「你就待在那裡，別擔心。我聯絡保險公司之後馬上過去，你現在正確的位置在哪裡？」

「我這裡是石村湖[73]附近……。」

政宇環顧著周遭，支支吾吾地一時也說不清。掛上電話之後，他走進附近的雜貨店，買了罐五百毫升的牛奶喝。隨著年紀見長，他越覺得自己逐漸變成傻瓜。

引發問題的原因是智芸。自己和恩希相戀的這段時間，智芸究竟人在哪裡、又在做些什麼？為什麼不去上大學，也不找個穩定的工作，成天無所事事？她和勇宰二人，是因為什麼理由、在何時分了手？正當他拿著空的牛奶盒滿心紛雜的時候，曳引車到了現場。沒多久，恩希也搭著計程車出現。

「政宇哥，你沒事吧？」

政宇目不轉睛地注視著恩希漂亮的唇角，與此同時，在他內心不停翻攪的困惑也像被雨水沖刷進下水道，消失得一乾二淨。當曳引車司機拖著愛斯波羅離開之後，這對戀人搭上計程車，到市區吃了晚飯。他們享用著披薩和義大利麵、填飽肚子，同時兩人的話題自然離不開他倆的愛車——愛斯波羅。

政宇回憶起部隊探視的第一天，恩希穿著高跟鞋、熟練地利用半離合器登上彌矢嶺的模樣。

「哥哥，我們趁這次機會換車吧？」

「為什麼？」

「也沒什麼，我還滿喜歡新上市的Sonata[74]的。車子這種東西，聽說只要出一次故障，問題就會越來越大。這輛車也開滿久了，何況多數時候都是政宇哥在用車，我也滿擔心的。」

政宇點了點頭，他是天生的機械白痴。他只負責開車，凡是更換機油、更換輪胎這類車輛的日常保養，都是由恩希來處理。

「我知道你在想什麼，不過用不著擔心。正好我們進帳了一大筆錢，我還在考慮該怎麼運用呢。」

73　位於首爾市中心，松坡區的湖泊，交通便利，為熱門的賞櫻景點。

74　始於一九八五年的產品，由韓國現代汽車設計的中型車，一度被稱為韓國的國民車款。

「一大筆錢？」

「嗯，我不是說，我把你兼職工作賺到的錢，都投資去買股票了嗎？最近我把那筆錢回收了。」

「股票？」

「啊，你不知道嗎？我之前有跟你提過呀，反正，這次我把股票都賣了，我表哥看到我的收益也很吃驚。只要再貼一點存款，就夠買一台Sonata了。」

他先前確實聽她說過，表哥在證券公司上班的事情。

「我表哥曾經說過，聽說以後經營網路的企業會身價大漲，汝矣島[75]那邊也有傳聞，說政府會釋出資金。所以我本來決定要將這次回收的資金再進場投資的，不過，這也沒辦法嘛，比起金錢，安全更重要。」

「妳是說，妳真的賺到一筆足夠購買中型車的利潤？就靠那個叫做股票的東西？」

「我是說真的呀。政宇哥不清楚也沒關係，這些事我會看著辦。我呀，好像對博弈下注這方面挺有天份的。」

政宇凝視著恩希。她這個人確實是和自己截然不同，思考能力迥異，執行力更不可同日而語。政宇正需要一個像她一樣擁有務實目光的女人。

「我們今天就開個派對怎麼樣？既然處理掉了愛斯波羅，就有一筆錢可以好好享受一個晚上。我們就眼睛一閉、把這筆錢揮霍掉吧。」

即使生活在同一個時代，人們也會各自預見不同的未來。對某些人而言，傾覆的價值觀會成為天賜良機，對其他人則預示了失敗。政宇預感到這世界的變化可能會對自己極為不利，何況現在自己還違背約定，欺瞞了女友。

恩希用比任何時候都更加真摯的表情說道。

「如果這次買了車，就是政宇哥的第二輛車了，如果這台車能成為我買給你的最後一輛車就好了。希望下一次就換政宇哥送我禮物了。The second and the last。」

政宇用疑惑的神色回望著恩希。

「這是第二輛、也是用我的錢買的最後一輛車，就像我成為你人生中第二個，也是最後一個女人。就買輛白色的Sonata吧，當作提前祝賀我們結婚。」

政宇乘上新款的Sonata，車內還瀰漫著新車特有的氣味。他打開天窗，新鮮空氣便

---

75 位於首爾永登浦區漢江上的小島，為首爾金融重心，亦是許多電視台和大企業總部所在地。

湧入車內。他在抵達狎鷗亭洞的公寓之前給智芸撥了電話，智芸披著一件輕薄的開襟針織衫在停車場等著他。

「你不會是在緊張吧，政宇哥？」

電梯裡，智芸將頭輕靠在他的肩上。公寓的模樣一如往昔，除了約克夏已死去缺了席，一切都毫無改變。

政宇在玄關躬身向智芸的母親問候，她圍著圍裙招呼著他。她是位有著纖瘦的體型、體態輕盈、反應機敏的中年女性。他遞上作為禮物的花束，女士笑得合不攏嘴。聽說她出身於慶尚北道，但身上卻沒有一點農村氣息，用輕快的語調說出一口無可挑惕的首爾標準語[76]。通往廚房的狹窄走廊上，充滿了食物的香氣。

她將政宇帶到客廳。智芸的父親正待在看得見漢江風景的位置翻閱報紙。他裝作沒有聽見方才的情形，神色自若地從沙發上起身迎接。在夫人向他介紹的同時，身穿駝色棉褲和格紋法蘭絨襯衫的男子始終將視線固定在政宇身上。

政宇有些訝異這對夫妻嬌小的身高，他曾依照智芸的外貌猜測他們的長相，微妙的相悖，卻又莫名相似。寬大的前額、向後梳理的頭髮，令人聯想起軍人的風采。

當女士們準備食物的時候，兩個男人坐在餐桌旁，沒有進行任何對話。幸虧江女士有一搭沒一搭地攀談，沉默才沒有延續下去。政宇一邊回答她的提問，一邊觀察著智芸的動作。

自從走進公寓之後，沒有任何人向她搭話，而她也同樣不曾開口。政宇之所以接受智芸的提議，其實最大的理由是想觀察她的私生活，而非來做走後門的就業請託。

開始用餐前發生了一陣輕微的騷動。江女士開口呼喚兒子，門扉緊閉的房裡卻沒有任何回音。她打開房門、走進房中，他微微瞥見塊頭碩大的孩子躺在床上的背影，與其他家人的體型相比，這孩子實在肥胖得令人驚訝。孩子現在才不過是個國中生，正是愛鬧脾氣、耍任性的年紀，看來應該是夫人老來得子，捧在掌心的寶貝兒子。但那小子始終沒有踏出房門。

在大家長一聲輕咳示意過後，眾人正式開始用餐。夫人似乎早已看透了這名陌生的青年，不緊不慢地拋出提問。大致上是一頓氣氛平淡的晚餐。不知男人是否覺得已經試探得差不多了，要了點酒。他用手指向女兒輕輕一點，智芸旋即起身從酒櫃中取來了威士忌。那動作看似某種信號，多少有些疏離。在女人收拾著餐桌的同時，男子將威士忌

76 韓國在各個地方皆有方言，首爾腔調為韓語的基準，被稱為標準語。

倒入裝有冰塊的酒杯，推向了他。

「這是朴總統[77]最偏愛的一支酒，所以國人也都很喜愛起瓦士富豪[78]。」

此一說已是老生常談，因此政宇並未開口附和。

「你對朴總統有什麼看法？」

「你呀，怎麼開口閉口都是政治？在外頭聊政治、回到家裡也是政治，女兒第一次帶男友回家，又要談政治話題把氣氛全搞砸嗎？」

任誰聽來，這話都是語帶苛責的批判。雖然她已盡力向丈夫用了敬語，但那不過是考慮到客人在場、虛有其表的粉飾罷了。

「好，那就別在這談了，我們到書房聊吧。」

見妻子還在收拾廚房，男人瞧著她的臉色這麼說道，洗刷著碗盤的智芸甚至沒有回頭看一眼。一來到書房，男人似乎終於回到自己的領土，神情變得明亮許多。他挺起胸膛，坐進自己專用的椅中。

「聽說你畢業於經濟學系？」

「是。」

「有讀過《三國志》嗎？你認為，劉備和曹操誰才是真英雄？」

為了就業請託，今天的會面更接近一次形式上的面試。

「我沒有讀過《三國志》。」

政宇的回答讓男子露出一臉荒唐的神色。那表情似乎無法置信，居然有任何一名成年男子，活到二十九歲都還沒讀過一遍《三國志》。

「我實在不懂最近的年輕人都是怎麼想的。」

言下之意雖然近乎譴責，但男子的語氣並不凝重。

「反正這點事，進了公司再解決就行。那麼，在政治部門和經濟部門之中，你比較偏好在哪個部門工作？」

他將畢業證書交給智芸甚至還不到一週的時間，但男人卻好似已將入職當作既定事實，向他拋來問題。

「嗯，反正這也不是那麼重要，可以在各個部門裡工作和學習，也是這個職業的優點。」

77 朴正熙，1917-1979，為韓國史上在位時間最長的元首。軍人出身的他執政期間雖使韓戰後的南韓迅速恢復、創造奇蹟式的經濟成長，卻也因其鐵腕統治頗具爭議，最終遇刺身亡。

78 Chivas Regal，老牌蘇格蘭威士忌，在韓國以朴正熙總統生前最後一杯酒而聞名。

這期間，智芸走進房，將果盤擺在桌上，又消失了身影。她的動作迅速又謹慎，讓政宇幾乎沒能察覺她的出現。相反地，乘著酒興，男子似乎心情極佳，他正在享受著自己的權力，好似特別錄用一名新進人員，根本算不上什麼了不得的大事。

「我打聽了一下，原來你有被通緝的經歷。」

「我並不是核心人物。」

「用不著在意，等你去一趟公司就會曉得，經常能遇到你的同伴或前輩。時代在改變，報社也不例外。毛澤東說過，不管白貓黑貓，只要是會捉老鼠的就是好貓。這樣的世界很快就會到來。」

黑貓白貓論？那段發言不是出自毛澤東，而是鄧小平的談話。

「還在談政治？別聊了，跟人家談談實際點的事情吧，已經決定好將洪先生派到哪個部門了嗎？」

男人的妻子不知何時已經進到房裡，用帶著數落的語氣說道。

「嗯，人事科會自行決定吧。」

「你這人呀，做事怎麼都沒點擔當？就把人家安插在你的部門吧。就算不這麼做，進公司後也總有人會說閒話，空降什麼的。在人家站穩腳跟之前，本來就該一旁給予保護才是。」

男子對妻子的話似乎沒有太大反應，只是眨了眨眼。

「行，嚴肅的話題再留給兩位慢慢聊，我們先打一盤Go-Stop[79]吧，彼此多熟悉熟悉。今天正好三家，也不必有第四家出光的麻煩，可以痛快地打一把。一百點？還是三五七？洪先生，今天錢包裡有記得多放幾張鈔票吧？」

政宇注視著眼前的報社CEO，男人乾咳了一聲。這時，像幽靈般出現的智芸將軍用毛毯鋪在桌面上，又悠然消失。

當天晚上花牌桌上的勝利者，是三人之中權力地位最高的江女士。她在最後一把橫掃了丈夫和女兒的男友，隨後豪放地大笑出聲。甚至直到此刻，也始終見不著智芸的身影。收起花牌後，拜訪的正式活動就算落幕。在他準備離開時，江女士支開丈夫向他說道：

「進公司之後就會特別忙，所以兩人趕緊抽空出門旅行一趟吧。」

79　又名花牌，為韓國兩至三人遊玩的花牌遊戲。一百點指每一點一百韓幣的博弈方式，三五七則是常見的三人玩法。由於僅供三人遊戲，故出光為四家的特殊規則。打牌時時常會有用力丟牌的動作，通常會在鋪了毛毯或墊子的地面、桌面上進行遊戲。

她像是在賣他個人情似的說道，接著輕輕地擁了擁政宇，就像美國電影中的一個場面似的。站在一旁的智芸依舊只是面無表情，像個啞巴一般沉默不語，毫無保留地展現出她特有的、冷冰冰的美麗。政宇坐上Sonata，再度剩下他獨自一人，他莫名地心痛不已，卻無法得知緣由。

恩希滿足於政宇每個月兼職家教賺來的薪水，但另一方面，她也擔憂政宇會處在這個社會地位停滯不前。即使並不具體，她也需要某些別的東西，不只是金錢，社會上的肯定和名譽也非常重要。

週末，兩人準備出門觀看深夜電影之前，政宇告訴她自己找到了新工作。

「真的？政宇哥當上記者了？」

梳妝台前的恩希口紅塗到一半，抬眼盯著他直瞧，似乎覺得政宇是在跟她開玩笑。政宇簡短地向她說明，他是在大學學長的建議下前去應試，最後收到了錄取通知。一身內衣襯裙的她一把扔下口紅，撲上前來熱情相擁。

那天晚上，兩人沒有去電影院，而是在小酒吧來了場啤酒派對，這還是恩希頭一次自己喝完一整瓶啤酒。回到家中，她的興奮之情仍沒有平息。她難以入眠，側躺著輕撫政宇的臉龐，說道。

「看吧，我之前就說了，我說過政宇哥一定會成功的吧？」

政宇平躺著，將雙手放在胸前閉上了眼睛。

「等政宇哥當上記者，你想寫什麼樣的報導？不，不管寫什麼都無所謂，照你想做的去做吧。不管是跟總編輯發生爭執、還是跟記者前輩有什麼矛盾，我都會站在政宇哥這邊、支持你的。為了改變這個世界，沒有什麼比美好的文章更好的手段了。」

政宇倏然睜開雙眼。他這才意識到自己招惹了什麼樣的事情上身。他不想成為記者，也不想寫什麼美好的文章，更遑論用文字改變世界云云，他壓根連想都不曾想過。

「如果政宇哥當上特派員，我們就能出國了嗎？」

事態比他想像的還嚴重。

「以前有一次，我偶然在新川站遇到燦永，他居然當上了電視台的記者，讓我好吃驚。」

「燦永？」

他的提問讓恩希頓了頓。

「你不記得燦永？你也真是的，怎麼會記不得大學的同系學弟？我們第一次見面的那天，燦永也在呀。」

政宇摸索著記憶，說起第一次見到恩希的日子，就是他初訪狎鷗亭洞的那天了。在那裡，他在同一天、同一時間邂逅了智芸和恩希。這麼說來，勇宰身邊確實還跟著另一個學弟，那傢伙的名字是叫做燦永嗎？

「想起來了沒？」

政宇點點頭，其實仍想不起那人的長相、也沒有什麼印象。當時，事件接二連三地在他身上爆發，被警察追捕、和智芸交往，因為失戀深受重創，隨後又當了兵。他甚至記不清引發這一連串事件的勇宰長什麼模樣，何況燦永那張沒有什麼存在感的臉龐。

「聽說燦永從牢裡出來後變了很多，我親眼見到他，才曉得他真的變了。大概是政宇哥在軍隊服役時候吧。我本來是要去學校找勇宰的，路上正好碰到燦永，真的嚇了我一大跳，想不到一個人竟然能有這麼大的改變。」

「什麼意思？他怎麼會去坐牢？」

「你真的不曉得？你去當兵的那年，不是死了很多學生嗎？」

恩希口中說的，是一九九一年發生的自焚治國[80]事件。

「但燦永被關又是怎麼一回事？」

雖然他的記憶並不清晰，但燦永和勇宰一樣，是典型的江南小孩。在他們眼中，只要脫離狎鷗亭洞和清潭洞，其他地方都算不上首爾，同是那群傲慢又聰穎的孩子之一。

「原來你真的不知道啊。他是你們學校的學生會總會長[81]，那時到處藏身卻還是被逮補，後來被判了刑，連軍隊都沒去成。我以為他應該沒辦法畢業，想不到那次偶然碰見，他卻已經成為電視台的記者了。」

「妳是碰巧遇見他的？」

「嗯。」

政宇突然覺得這所有對話都毫無意義。物換星移，一切都早已不一樣了。

「應該是件好事吧？」

「什麼？」

80　一九九一年，時任總統盧泰愚雖為韓國首任民選總統，亦承諾結束軍政獨裁，但任期內民主化運動持續延燒，盧泰愚亦持續採警察鎮壓手段，造成所謂「警察治國」的局面，學生在參與示威抗議時遭捕、或死於暴力鎮壓。一九九一年五月，政府更進一步通過國安法與警察法，警察權力擴張，致使四至六月間連續有數十名學生以激進自焚作為抗議手段殞命，稱「自焚治國」事件。

81　自一九六〇年代起，韓國學運的組織和推動皆與各校學生會的串連有密切的關連。

「我是說，我當上記者這件事。」

政宇注視著恩希說道。她的溫熱乘著空氣襲來，距離臉頰不過咫尺。恩希低頭吻了他，她的唇柔軟而濡濕。她像在告白似的飛紅了一張臉，說道。

「政宇哥，我們結婚吧？」

第三章　若此處是平行世界

漢娜從卡加利（Calgary）跑到班夫（Banff）和賈斯珀（Jasper），再一路前往亞伯達省的首府埃德蒙頓（Edmonton）。落磯山脈如此巨大。因油砂熱潮[82]之故，該城市蓬勃且活力充沛，但她甫一抵達、汽油就見了底，體內燃燒的熱情也隨之冷卻了下來。是該返回韓國的時候了，她三個多月以來的壯遊於焉告終。

這樣的長途旅程，是否真正使我成為有別於以往的人？漢娜坐在露天咖啡廳裡沉思。旅行可以是一針興奮劑，卻不是能夠治本的解藥。若是如此，又何須執意嚮往陌生的世界、漂蕩四方？越是深究，她越感覺自己陷入更幽深的迷宮中。相較於其他，最主要的問題是物理性的痛楚。只要一思及必須回到首爾，原因不明的疼痛就由骨子底陣陣生疼，旅行那使人陷入麻醉狀態、忘卻痛苦的效力也逐漸消失。

隔天，漢娜便返還租來的車子，買了張機票飛往溫哥華。薄霧瀰漫的機場裡飄著濛濛細雨，宣告著雨季的末尾。她在青年旅舍住宿一宿之後，將煤氣鎮、加拿大廣場、唐人街和史丹利公園參觀了個遍。漢娜打定主意，決定要找一間緊鄰市中心洛遜街（Robson Street）的單人公寓住下來，並且第二天就在合約上簽了名。支付三個月的租金後，她便有了棲身之所。

第一天晚上，她鋪上瑜珈墊、裹在睡袋裡度過了一晚。隔天，她來到中古汽車賣場，以低廉的價格入手了現代的小轎車，她想盡可能在這個陌生的城市裡長期定居下來。她買齊生活必需品和家具、打理好公寓，擁有了自己專屬的空間，但淚水卻無緣無故奪眶而出。那一天，她將臉埋進從車庫拍賣[83]上淘來的老舊布面沙發裡，嚎啕大哭。

重新打起精神後，她開始查找加拿大的大學入學簡章。如果是這裡的學校，一定能接受她的。撰寫入學申請書的那些日子，她感到非常幸福，她在街上四處閒走，感覺像是未曾預想過的幸運就在自己眼前。

她在性少數族群[84]聚集的大衛街[85]酒吧之中結識到新朋友。那家酒吧大廳中央沒有水晶吊燈，而是懸吊著巨大的陰莖木雕裝飾。查爾斯是在香港回歸中國之前，隨著父母移民當地的華裔第二代。在研究所裡攻讀政治學的查爾斯，雖然對中國父母保守的倫理觀非常反感，卻也對加拿大政府的大麻合法化[86]政策抱持批判態度。

82　Oil sands，又稱焦油砂，可提煉原油，主要分布於加拿大。亞伯達省因開採油砂礦引發熱潮長達將近二十年，亦成為能源業重鎮。直到二〇一八年才受到頁岩油開採挑戰而終結。

83　Garage sale，歐美常將車庫當做倉庫堆放物品，當進行清理時，會打開車庫進行二手拍賣。

84　泛指同性戀、雙性戀、跨性別等性取向少數群體。在韓國，由於性別對立嚴重、性少數議題備受歧視，同性戀等名詞被視為帶有污名化意義，提倡以性少數族群稱呼之。

85　David Street，位於溫哥華市中心，是當地多元文化、少數族群的聚集地。

漢娜很欣賞查爾斯。一週後，他便收拾行李搬進她家中，成為她的室友，他佔據客廳，將沙發兼作床鋪使用。兩人商議好生活公約，各自支付一半房租與水電費，生活費則視情況拆分。

不知道是由於中國籍的父母，還是性向的緣故，他對料理很感興趣。在查爾斯下廚做飯的時候，漢娜就會負責打掃衛生。她也在一家由韓國移民夫妻經營的便利商店找到以鐘點計薪的打工。一經計算，她發現光是透過法定的工時與最低薪資，就足夠她解決一個月的生活費用，與韓國截然不同的勞動環境，讓漢娜的心情受到一種愉快的衝擊，也倍感困惑。光靠勞動工資就能度日，究竟是為了這理所當然的事實而感到驚嚇的自己有問題，還是那些市場主義者們所提倡的、直到經濟繁榮與涓滴效應[87]實現為止，都必須咬牙隱忍、努力勞動的理論有問題。而這些學者認為，坐擁豐富資源的加拿大與倚賴輸出的韓國，二者無法單純地做比較，這樣的主張又是否有其根據。

漢娜很想回答這些問題，想讀大學這個選擇也是出於相同的理由。查爾斯帶著漢娜去自己就讀的英屬哥倫比亞大學參訪，正值假期的校園裡，烈日艷陽預告著夏日的瘋狂。在參觀中央圖書館的途中，漢娜感到噁心欲吐，於是回到家中驗了孕。結果是，她懷孕了。

第二天，她在查爾斯的幫助下去了醫院，笑容帥氣的黑人婦產科醫師證實了她懷孕的事實。查爾斯並沒有對孩子的父親是誰感到好奇，只是對她表示祝賀，並清理掉冰箱裡的酒瓶。

漢娜猶豫不決。她都已參加了大學的插班考試，卻在等待結果的過程中發生了出乎意料的狀況。若生下孩子，她就會成為一名未婚媽媽，但她能夠一邊照顧孩子、一邊繼續上學嗎？打工又該怎麼辦？孩子的父親應該是在巴黎、羅馬或是西班牙陌生的鄉間旅行地邂逅的幾名青年之一，但她無法準確地回憶起任何一張面孔，當然也不會有他們的聯繫方式。不知父親為誰的孩子，未來亦將黯淡無光，古人鄙視這樣的孩子為來路不明的私生子。

除了墮胎，她別無選擇。但讓她詫異的是，與此事毫無關聯的查爾斯、與陌路人無異的一名外人，居然會出言反對她的命運。

「這樣孩子會變得不幸的，我說不定會生出一個金髮碧眼的孩子啊。」

---

86 二〇一八年，加拿大政府通過休閒類大麻合法化，持許可證即可合法交易。

87 Trickle-down theory，即下滲經濟學，源自美國的經濟理論，主張透過對富人減稅、企業優待，即可改善整體經濟與貧困階級的生活。時常反對徵稅或社會救助以減少貧富差距的做法。

漢娜誠實地吐露自己的不安。

「這會造成什麼問題嗎？」

「怎麼不是問題？人們會覺得怪異，一個東方母親獨自撫養一個藍眼睛的小孩，當然不正常。」

不同於平時，查爾斯顯得相當真誠。

「這裡不是韓國。沒有人會認為這是個問題。」

「但我是韓國人啊。」

查爾斯陷入沉思。面對來自遙遠國家的東方女子，他並沒有流露出絲毫的優越意識。

「韓國是藉由國民的力量，透過和平示威將最高權力者拉下台的國家[88]。可以說，這個國家經歷了無論歐洲、或加拿大本地都不曾有過的進步。」

漢娜瞅著這位認真而誠摯的政治系學生。

「你可能會這麼認為，但藉由民主程序彈劾一位總統，並不代表人民已經有所改變。大多數韓國人仍舊深信著保守的純粹血統主義，害怕外國勞動者、反對難民政策[89]。那並不是一個未婚媽媽能夠抬頭挺胸、安心度日的地方，直到今日社會上仍舊認為離婚的人一定有問題，那個國家就是韓國。」

漢娜為自己所說的話感到吃驚。韓國真的是這麼奇怪的一個國家嗎？

「我不太瞭解韓國人傳統的倫理觀念，但依我所學，韓國是一個很特別的國家，在極短的時間內成功達成了民主化，在亞洲，沒有任何一個國家的民主主義能像韓國那樣迅速。就連自稱先進國家的日本，在政治體系上依然擁有天皇，政治只是少數世襲者的所有物；中國則有共產黨專政，沒什麼可說。但韓國不一樣，它是一個依靠市民、為了市民實踐政治改革的國家。」

「雖然很感謝你這麼評價韓國，但在了解實情之後你就不會這麼說了。正如你所說，韓國看起來就像是個草根民主主義的國家，綜觀近代史，不難找到實例。但這不過是外在顯露的表象罷了。事實上，在民主化過程之中，得利的並不是你稱之為市民的一般大眾。即使政權更替，手握權力的人依然是畢業於知名大學、出身上流家庭的人。

---

88 指二〇一七年，韓國首位女性總統朴槿惠，由於親信干政的政治醜聞，成為韓國史上首位被彈劾成功、遭到罷免的民選總統。

89 作為單一民族國家，韓國在移民及難民政策都相當嚴苛。歷史上與駐韓美軍的衝突，使混血兒在韓國社會長期遭到歧視。二〇一三年急就章通過難民法，直到近年仍有許多人反對難民政策。

出生於貧困家庭的兩位前總統[90]是例外，唯有菁英出身的人和高知識份子才能承襲實質的權力，他們壟斷了保守和進步兩大陣營，對不屬於圈內的團體採取排外的態度。他們雖然對社會宣稱自己是民主主義者，但在家庭中卻依然沒有放下家父長的權威。他們不可能真正蛻變成為民服務的平等主義者，實際上他們也沒有這麼做的理由，因為他們沒有理由將權力分享給民眾。」

查爾斯的表情有了微妙的改變，她是第一次看見他這副模樣。

「看來妳還不了解政治。」

這是她頭一次，見到查爾斯這麼直白地批判他人。漢娜怒由心生。

「看來你也跟那些人一樣，根本瞧不起我。確實，你讀過更多書、懂得更多歷史，對身為男性的事實感到自豪。但對於女人的身體和生活，你又懂些什麼？你絕對沒辦法體會懷孕是怎麼一回事，不要隨意干涉他人的權利。」

漢娜的話聲並不高亢，卻流露出敵意。他們沉默了好半晌，等待火氣平息。查爾斯走進廚房煮了壺茶，等他再次回來的時候，已經平復了心緒。查爾斯遞出茶杯，說道：

「對不起，或許是因為我無法擁有小孩，我才會那麼說。我在女性身上感受不到性的吸引力，自然也無法延續我的基因。雖然不是沒有科學上的辦法……。總之，大概因為如此，我才對妳懷孕的事情感到高興，就好像從旁見證了一個奇蹟吧。是我太興奮了，我真心向妳道歉。」

查爾斯又恢復成原本那個可靠的室友。

「不會，我也說得有些過分。可能這段時間以來，我也在無形間感到不安。我真不敢相信我的身體裡誕生了一個新的生命——感覺我不是人類，好像成為了一個新的物種。」

晚餐過後，兩人一起到英吉利灣海灘上散步。或許是心中有些歉疚，漢娜挽起了他的手，將頭靠在他的肩上。雖然年紀尚輕，她卻覺得他像個可靠的大哥哥。

初夏傍晚的海邊人潮湧動。不愧是聚居了多國籍人種的城市，人們的膚色和瞳色也多采多姿，好似在海攤上灑落了五顏六色的寶石一樣，生動的形象令人目不暇給。

「妳覺得人們看起來怎麼樣？」

兩人並肩坐在長椅上觀望著來往的人潮，漢娜依照目光所及，隨口答道。

「很美。」

---

90 指任期2003-2008年的盧武鉉、任期2008-2013年的李明博總統，二人皆出身寒門。

「沒錯，人類是種美麗的動物。」

「如果我把孩子生下來……，那個孩子也會這麼漂亮嗎？」

漢娜凝望著被晚霞暈染的大海。

自己曾畏懼人們的視線，因為厭倦被視為競爭力不足的失敗者，所以逃出了韓國。也曾將愛情視為擁有，相信擁有了肉體和靈魂就等於愛情。

漢娜想起了俊熙，又想起他愛過的那些女人。他究竟犯了什麼錯？既然他不願將我視為所有物，我又為什麼要試圖佔有他呢？

「有些時候，我會覺得我好像瘋了。」

「妳沒有瘋，瘋了的是那些政客。」

那年九月，漢娜收到錄取通知書，正式進入政治學系。她和查爾斯的同居，讓她確信能夠擁有新型態的婚姻生活。在他們居住的二十樓公寓裡，住了形形色色的情侶，比起法定的婚姻，有更多人滿足於因為相愛而共同構築的生活。同性情侶、未婚男性與未婚媽媽，這些戀人克服了不同的人種和年齡的差距。雖然不確定，但也有和複數伴侶交替往來的情侶。

漢娜和鄰居們建立了親密的關係。雖然她的腹部逐漸隆起，但對上課聽講和準備課業並沒有造成障礙。沒有任何人用好奇的目光打量她，沒有人詢問她結婚了沒、孩子的父親是誰，也沒有人追問她將來打算怎麼過日子。

短暫的寒假到來時，陣痛開始襲來。凌晨，在查爾斯的幫助之下，漢娜在醫院裡生下了三千二百公克的健康寶寶。女孩有著藍色的眼瞳，哭啼聲響亮。漢娜聯想起《綠野仙蹤》裡可愛的桃樂絲，帶著滿面的笑容和淚水將孩子擁入懷中。她隱約看見，漁夫堡中向她搭話的英國青年美好的笑容，此刻他應該正在距離泰晤士河不遠的倫敦某條小巷中沉沉入睡。不，曾醉心於新羅曼風格的建築學家，應該做夢也想不到地球另一端發生的事情。

漢娜記得他充滿自信又溫柔的嗓音，但一切都已如流逝的江水般一去不復返，他不會再出現在自己的生命之中。一個全新的世界正在眼前展開，那個世界並不若桃樂絲漫遊的童話王國般夢幻而美好，但漢娜必須鼓起勇氣，現在，她已是一位母親了。

＊＊＊

政宇坐在圓桌旁，切著帶有血色的牛排。這是一場在星級酒店中舉行的婚禮。穿著晚禮服的新郎看上去不像他記憶中的男子，穿著短版苗條禮服的新娘，也不像他記憶中的女孩。

他在正前方角落裡，看見由華麗花朵裝飾的新郎趙勇宰和新娘徐延珠的名字，肯定是他們二人沒錯。從信箱裡取出婚禮請帖的人是恩希。

「政宇哥，你看這個。」

她將信封交給他，就轉身回到廚房淘米。政宇一看見邀請人的姓名之後立刻反手撕掉了請帖。吃驚的恩希在流理台前回過頭張望，她粉色的雙頰上漾著淺淺的微笑。

第二天，他又從智芸手上收到同一份請柬，這回他沒有撕毀請帖，而是將它收進上衣內袋之中。智芸立刻用懷疑的眼神注視著沒有撕毀請帖的他。

政宇感到困惑。為何新娘偏偏是徐延珠？在新郎周圍來去流連的那些女人究竟都去了哪，竟換成延珠留在他身邊。在新郎、新娘進場之前，政宇便站起了身。

一走出酒店，冬日的寒風撲面而來，他深深吸了口氣，感覺彷彿瞬間打通了自己堵塞的血管、神智變得清明。政宇感受到脫逃的誘惑，然後不管三七二十一地朝南方奔去，為了去和那名與他命運交織的女人見上一面。

母親在爐火前烤著肉，一簇波斯菊在月光下搖曳。

「報社記者的薪水有多少？」

她一邊將烤肉盛盤，一邊說道。丈夫的死給了她一個陌生的世界，政宇注視著母親生氣勃勃的眼眉和豐潤的臉頰。她還年輕得足以吸引其他男人。除了她那守舊的兒子，無法將母親當作一位女人看待，此外所有人都知道這個事實。

「這個夏天，住在仁川的大哥南下，來了一趟。」

大伯？父親唯一在世的血親，對政宇來說是比陌生人還不如的存在。在上大學的時候，連生活費都拒絕出借的人就是這名大伯。

「伊叫我不要留在異鄉過日子，回仁川和伊一起住。」

政宇無法理解母親在說些什麼，為何大伯突然要讓母親回去老家？

「雖然嘴上說是獨自生活的人住一塊，彼此好有個照應，但仔細想想，這不是挺招人閒話的嗎？鰥夫寡婦有點私情雖然不是什麼醜事，但兄弟之間，這種事實在太不妥了。聽說古早以前，弟弟逝世、哥哥就要負責照顧弟媳和家中幾口子，在聖經裡都提過這檔子事[91]。聖經上真的這麼寫嗎？」

政宇蹙起了眉頭。

「男人們好像都是這樣，根本就沒辦法獨自過日子。」

緊接著，話題轉向在鎮子上經營農藥生意的鰥夫金社長。她已經對他沒胃口了。政宇很想狠狠拍打她斟著燒酒的手背。或許母親是個聲名狼籍的女人，男人總在聲名狼籍的女人身上窺伺著成功的機會，質疑自己怎麼可能失敗？聲名狼籍或許就是這些女人致命魅力的所在。

「妳為什麼要和爸結婚？」

她瞪大了眼睛，直勾勾地盯著政宇。

「還能為什麼？因為愛他所以才嫁了吧。」

他還有疑惑。他想弄清楚年幼時，在破舊的鄉下房子裡見到的場面，母親蓬鬆而凌亂的黑髮。他好奇她為什麼要在那種地方和陌生男子同床共枕，難道那也是愛情？

「你什麼時候要跟恩希結婚？讓女孩子一個人等那麼久可不成，就算待在你懷裡，她也不是你的女人。」

當天晚上，政宇躺在農家的小屋裡，後悔衝動的逃離，並在清晨雞啼之前走出前院。不知是否因為昨晚的燒酒，他感到頭腦昏沉，將錢包裡的現金扔在房間地板上就上了車。

奔馳在高速公路上，他沉睡的神經細胞開始慢慢甦醒。他的內心燃起對大伯的厭惡，不禁吐出咒罵；對不知名農藥商的憤怒也隨之而來，他們全是些無法獨立生活的低劣男人。他厭惡這些沒出息的男人，一旦沒了女人、就連生命存在的理由都找不著；憎恨這些大老爺，女人一個換過一個，追在她們的屁股後頭，口口聲聲謊稱愛是永恆。針對這些貪圖母親肉體的男人，他的攻擊都是正當的。政宇不禁喃喃唸誦起《惡之華》之中的詩句。

我想將我疼痛的頭深深埋藏
在你那香水灑滿的襯裙底下，
有如吸聞一朵已經凋萎的花，
我要聞聞已逝的戀情的遺香。[92]

91 指舊約聖經，創世紀中提及的「叔娶寡嫂」制度。
92 杜國清譯，二〇一六年，台大出版中心。

波特萊爾[93]的仇女傾向極為嚴重，他在名為〈我心赤裸〉的詩篇這般叫囂。

女人令人憎惡。女人餓了就要進食，渴了便要喝水。女人發著情等著受辱。

詩人對女性的嫌惡源自年輕貌美的母親再婚的事實。政宇記得在高中的文學社裡，一位同學讀到這行文句時爆笑出聲的場面，雖然那位同窗的面容已模糊不清，但他戲劇性的嗓音仍記憶猶新。

一思及當年在文學社裡遇見的同窗如今會變得如何，他內心的憤怒就逐漸冷卻下來。或許他們都選擇了比自己更明智的生活，培養著專注於一個女人的純粹愛情，安穩度日。

首爾依然是美麗的太平歲月。政宇不知道該給恩希打電話，還是該和智芸聯絡，於是開車沿著江邊駛了好一段時間。

作為他的第一份正職，報社的工作和二度入伍沒有兩樣，每每回到家中仰頭躺倒，他就像被重拳毆打了數十拳一樣痛苦不堪。喝得爛醉、沒能洗漱就陷入昏睡，天一破曉又再次搭上地鐵出門上班。

街頭上的薪俸奴隸，每個人都為了出賣勞動力各自進行著激烈的戰鬥。政宇對他們寒酸的衣著和毫無生氣的表情產生了疑惑。為何他們頑固地認為生命是有意義的？被賦予神聖價值的勞動不過是種毒品，使他們為了遺忘存在本身而執著於工作和勞務。

那天舉行了場婚禮，是高層官員和大型律師事務所之間的家族聯姻。由於新郎和新娘的雙親都畢業於法學院，因此當天前來祝賀的賓客也大都是法界人士。為了採訪與大型律師事務所相關的事件，政宇也出席了婚宴。

上流階級家庭子女的結婚典禮極其豪華，政宇和那些衣著體面的人一起走向擺放自助餐點的場地。當他手中拿著盤子正要回到座位時，碰巧望見獨自坐在窗邊用餐的鄭社長。在公司裡，他根本沒機會見到這位公司董事，雖然進公司後，曾有幾次被呼叫到社長室，但像這樣在陌生場所偶然巧遇的狀況還是頭一遭。他驀然想起先前在社長家中一起打著花牌、談笑風生的記憶，於是放下盤子朝鄭社長走去。鄭社長對著烤羊排露出一臉真摯的神情，對他的出現卻沒有什麼特殊的反應——不，他根本連頭也沒抬。

93 Charles Pierre Baudelaire，1821-1867，法國詩人，現代派先驅、散文詩的鼻祖。

「社長。」

政宇禮貌周到地打了招呼。在那一剎那，他隱約捕捉到一絲令人難以釋懷的不協調感。鄭社長抬起頭來看向他，眼中閃爍著面對生人、不信任的眼神。

「啊，年輕人，你是在○○日報工作嗎？」

對方微笑著從錢包中掏出了名片，政宇閱讀著名片上細小的字體。鄭伯勛，和自己所知的名字僅有一個字的差異，職稱是一位法務代書的庶務長，地址位於三陟市[94]。政宇從名片上移開視線，盯著這名男子直瞧。他明明是鄭仲勛社長沒錯，但卻有微妙的差異。男子拋開了先前不信任的目光，揚起一個斯文的微笑，伸手指了指面前的座位。見政宇一坐下，男子臉上露出「恰好不必一個人用餐」的慶幸神情，遞上一杯燒酒。政宇留意到他的外套袖口已磨得平滑光亮，是件已經退流行的廉價外衣。鄭仲勛社長是個很有品味的人，穿著總是符合自己上流階級的身分。

「正好，我也很好奇弟弟最近過得如何。年輕人，我方便看看你的名片嗎？」

政宇拿出一張名片遞給了男子。他端詳過名片，露出滿意的神情說道。

「我弟弟最近過得怎麼樣？不介意的話，可以陪我聊一會嗎？」

鄭伯勛。所以說，眼前這個男人就是智芸父親的異卵雙胞胎兄弟。智芸從一開始就是那樣，她就像那懷揣著謎語的斯芬克斯，是擁有許多秘密的女人。由於智芸從來不曾提及這位大伯，因此這次偶遇，政宇更感意外。

比起身為報社社長的弟弟，男子明顯是個更加灑脫、知性的人。他自然地引導著對話，政宇向他敬酒，他的臉色就明亮了起來。他表示自己是以雙方父母同門的身分參加結婚典禮，隱約暗示著自己出身於只有大韓民國的菁英才能就讀的某大學法學院。然而雖是同門，雙方父母卻沒有任何人來與男子問候。

男人喝乾了一整瓶燒酒才站起身來。政宇無法判斷此時的突發事件是個偶然，或者從許久以前就已預告的必然。就在起身之前，對方所說的最後一句話在他腦中縈繞不去。

「話說，洪記者有見過鄭社長的女兒嗎？叫智芸的……，啊，我喝多了，又在胡言亂語。真抱歉。」

政宇坐在桌邊，始終無法從桌上的那張名片挪開視線。不知為何，他忽然感覺到這個生活在東海小城市裡的中年男子，他形色襤褸的生活、以及身為法務代書庶務長的寒

94　位於韓國江原道東岸沿海的城市。

酸職銜，都是不恰當的。

政宇在國會大廳裡遇到了和自己同系的畢業生。他記不起學弟的名字，直到對方帶著無言以對的神情告知了姓名，他才連連道歉。

「政宇哥還是沒變。」

他的聲音並不帶有責難的意味，身邊還跟著一名攝影記者。

「你用餐了嗎？還沒吃的話，就一道吃頓飯吧。」

政宇搭上學弟的車前往附近的美食街。由於朝野全體會議協商破局，出入國會的記者們都從大白天就喝起了酒[95]。他們也點了湯飯和一瓶燒酒，學弟自稱名叫金燦永。政宇也不明白，自己怎會將這傢伙的存在從記憶中抹除得一乾二淨。

「在勇宰婚禮那時候，哥怎麼那麼早就走了？」

「你也有參加嗎？」

燦永露出一臉無奈的神情。

「那天我們系上的同學，很多人都去了。」

「對不起，我那天有點暈頭轉向的。」

「沒必要道歉，反正這也是哥的魅力嘛。」

「對了，你最近過得怎麼樣？我們上回碰面都多久了……」

政宇無可避免地回想起那天的記憶。他搭著計程車越過漢江，在狎鷗亭洞下了車，並在咖啡廳裡遇見了女孩們。仔細一想，坐在中間那個女孩的面孔也已被他忘得一乾二淨。單論那天的第一印象，她是三個女孩中最漂亮的一個。政宇飲盡杯中酒，若無其事地提起那天的場景，誘導著對話進行。

「她的名字是？」

「是仙英，柳仙英。這個名字一旦聽過就很難忘啊。」

「我想起來了。」

政宇說了謊。燦永給了他一個禮貌的微笑。

「哥有聽說仙英的消息嗎？」

「不太清楚，現在應該也結了婚、過得不錯吧？」

「真希望像哥你說的那樣……不，應該說我也希望是那樣吧。仙英現在人在醫

95 在韓國，用餐時搭配酒水相當尋常，許多人甚至在工作間午餐時也會一起小酌一杯。

院。」

「醫院？」

「如果是政宇哥的話，應該能推測出發生了什麼事吧？你不是因為這個才去參加婚禮的嗎？」

他的嗓音裡帶著尖銳的刺。

「啊，對不起，政宇哥，我只是以為哥多少曉得這些事。仙英因為勇宰的關係進了精神病院的消息，在這一帶社區裡還鬧得挺凶的。」

「我不住在那個社區。」

政宇不禁懷疑起燦永找他出來的意圖。雖然裝作是偶遇，但今天的會面並不是偶然。透過恩希，政宇曾聽過與他有關的幾個情報，其中還包含關於他改頭換面的故事。

「那其他女孩子又過得怎麼樣？」

「哥是說恩希跟智芸嗎？」

「沒錯。」

「這我就不太了解了，政宇哥畢業之後，我也不再進出那一帶了，我不想為了追女生白白浪費人生。」

「所以？」

「什麼？」

「所以才去坐了牢？」

燦永的表情扭曲起來。

「從政宇哥口中聽到這種話，真是有點搞笑。」

政宇不明白燦永為何要這樣若無其事地撒謊。恩希曾說過，她在新川站附近偶然見過這傢伙。

「那天你是抱著什麼想法去參加聚會的？」

「什麼意思？」

「那天，你為什麼……」

對話迷失了方向。

「那天為什麼我會跟著去呢？仔細想想，確實是滿奇怪的。大概是因為政宇哥也老實地答應了勇宰的提議吧？我本來以為，哥是不會參加那種聚會的，結果卻和我猜想的有出入。」

燦永收斂起臉上的笑意，他的神情彷彿已經完全遺忘那一天，二人在學生活動中心附近的樹林裡，慫恿自己的記憶。

「那時候我還是個新鮮人，只覺得哥好像有點帥氣。雖然其他同班同學都在背地裏議論哥是個瘋子，但我並不那麼想，勇宰大概也和我一樣吧。這也不難理解。當時我們就處在那樣的年紀，總覺得這世上一定有些別具意義的事物。就在這個時候，政宇哥恰巧出現了。」

窗外的烏雲逐漸變得濃重。

「哥，你還記得嗎？那一天，我見到了政宇哥真正的樣子。那天，大家都因為酷熱的天氣疲憊不堪，加上正逢期末考試，來參加示威的人很少，大家都很不安。

我稀裡糊塗地被擠到最前方，低頭看著燃燒瓶在手裡冒出火花。那是我第一次拿到燃燒瓶，溶劑的熱度沿著手掌向上爬，我感覺心臟都像要爆炸了。眼前是武裝警察的謾罵，瀝青地面上一灘灘都是孩子們被警棍毆打的鮮血。當時先鋒隊的陣線已經崩潰，連本隊都亂了陣腳。那時是哥率先挺身而去，背對著警察的人牆開始大喊口號。

但大家都已經精疲力盡了，只盼著這場沒有勝算的戰鬥趕快結束。我也為了確保退路，回頭向後張望。當先鋒隊一後退，哥突然一個人揮舞著鐵棍往拒馬衝了過去，整個場面瞬間亂成一團。猶豫不決的人們為了救哥，都尖叫著衝上前去，我也是其中之一。

那一天，政宇哥整個人渾身鮮血淋漓。」

政宇將視線轉向窗外。他想起那些日子裡，自己額上破了個口、唇角撕裂、手臂骨折的記憶，但卻無法確知他口中的那一天具體是什麼時候。他也不明白為何話題會突然繞回往昔。

燦永擺放在桌上手機響了起來，好像是在大廳裡見過的攝影記者。

「不好意思，他們在找我了。午餐錢我來出吧。」

燦永轉換了態度，以爽朗的表情站起身來。政宇注視著他的身影離去。不久後，餐廳裡的手機接二連三地響起，難道是朝野兩黨戲劇性地達成了協議，要召開大會了？人們接二連三地匆匆離去。政宇沒有接到電話，他只是盯著面前剩餘的燒酒，直到最後才離開餐廳。

光是那一年，政宇就以賓客的身分出席了整整十三次的婚宴。接著，他也在夢中實踐了心中惦念已久的求婚。

「和我結婚吧。」

女人用難以置信的表情注視著他的雙眼，緊接著將臉埋進他的胸口，放聲痛哭。政宇感到混亂無比。他記不清戀人的姓名，女人烏黑濃密的髮絲像遠洋的波濤般蕩漾。就連在夢裡，他也無法釐清自己的新娘究竟是誰。

＊＊＊

政宇跟蹤著女人。在千禧年即將到來的九〇年代後半，明洞大街上滿是節慶氛圍，他追逐著恩希輕快的腳步，感受著城市的興奮。比起在汝矣島餐廳碰面的時候，燦永整個人看上去更乾淨俐落了。他和恩希是同齡人，此時兩人正靠坐在軟綿綿的沙發上，熱烈交談著。政宇待在馬路另一端二樓的咖啡廳，像個站在瞭望台上的哨兵似的俯瞰著他倆。在陽光明媚的窗邊座位，兩人就像交往許久的戀人一樣，十分般配。

桌上放著馬克杯和茶杯。恩希喜歡加了鮮奶油的香甜咖啡，在她身邊，擺著去香港旅行時購買的托特包。那是去年夏天，他在香港中央車站的購物商場買給她的禮物。政宇毫不吝惜支付了港幣，還在尖沙嘴和銅鑼灣買了皮鞋和T恤。

在三天兩夜的短暫休假期間，恩希比任何時候都更熱烈地擁抱了他，將臉埋在他胸前，夢囈似的低喃著「如果拋棄我就死定了」之類的話語。回想起在香港時火熱的氛圍，政宇開始好奇自己為何要尾隨恩希，也想不出她瞞著他與燦永見面的理由。難道她發現了什麼？但那種可能性是零。以恩希的性格來說，不可能明知事實卻裝作什麼也不知情。更何況對方可是智芸。恩希對智芸公然抱持著敵意，萬一被恩希知道了真相，他真不曉得會發生什麼事。

兩人在咖啡廳停留了一小時左右，只是一次日常的碰面，感受不到半點幽會的緊張感。恩希搭上了正好下客的計程車，車子消失在人山人海的巷弄中，他旋即看了看手錶。差不多是恩希為了做晚飯去採購的時間了。

沒多久，他收到了一條訊息。

「今天也會晚回來嗎？如果早點下班，要不要吃海鮮義大利麵？好久沒吃了。」

政宇在咖啡廳中站起身來。不知是不是因為過敏性鼻炎的關係，他感到一陣鼻酸。他一路往鐘閣走去，被人潮擠進了一旁的書店。他在直抵天花板的書架上看到了許多作家的名字，他們曾一度撫慰了他的靈魂，而今，他們都已逝去，在墳墓中安息，自己的二十歲正隨著二十世紀一同消逝。

政宇走出書店，迅速走下鐘閣站的台階。當他心想著「海鮮義大利麵還是智芸做得比較好吃」的同時，發現自己站在了反向的候車站台上。

「政宇哥，你怎麼這麼嚴肅？」

政宇答不上來，只能注視著智芸。

這真是件怪事。說不清是什麼原因，但最近的她明顯變得外向，就像停止生長的植物度過了休眠期間，開始抽出新枝嫩葉。眼睛下方的陰影消失無蹤，眼瞳如晨星般閃亮，連嗓音都像青春期的少女一樣變得清亮。政宇離開桌邊走向陽台，在他愣愣地俯瞰著江水的同時，智芸做好了沙拉，客廳裡流淌著普契尼的〈公主徹夜未眠〉。

鄭仲勛社長偕同家人到美國出差去了。智芸的母親和弟弟預定將長期定居在西雅圖附近的小城市，為了準備送兒子早早出國留學，此行的目的是先去進行事前探訪與短期進修。結束半個多月的出差行程返國後，鄭社長就會成為一位大雁爸爸[96]。

智芸彎下腰，從烤箱裡取出滾燙的熱鍋，熟透的肉香和香草氣味蔓延到家中每個角落。政宇走進廚房，倒了杯先開了瓶的紅酒，兩人像結婚多年的夫妻般，默默地專注於擺設餐桌。在完成一切準備之後，智芸向他敬了杯酒，她的臉上洋溢著心滿意足的微笑。但夜晚的寂靜依舊令人不安，他陶醉在一次性的幸福之中，無法迴避命運。

「智芸，妳還記得燦永嗎？」

「燦永？住在現代公寓的金燦永？」

「沒錯，就是那個燦永，我們初次見面那天也在場。」

智芸揚起嘴角的笑容。她記憶中的那一天，又是什麼樣的光景？

「怎麼呢？燦永發生了什麼事嗎？」

「沒什麼，只是想說他當上電視台的記者了。我們偶然在國會碰了面，還一起吃了頓飯。」

智芸點了點頭，接著她睜大了一雙眼睛，說道。

「政宇哥，你有話要跟我說，對吧？」

沒錯，他是有話要告訴她。

「難不成，是被恩希察覺了嗎？」

政宇搖了搖頭。

「那就沒事了。」

沒事？

96　九〇年代中期之後，韓國開始大量出現將妻小送往海外留學、父親留守韓國賺錢的家庭，「大雁爸爸」用以形容這些父親往返兩地探視親屬，一度變成慨嘆男人辛勞的流行用語。

「我們開始重新交往的那天，不就已經做好覺悟了嗎？雖然對不起恩希，但也別無他法。政宇哥也好、我也一樣……，我們都不是帶著惡意開始這一切的。」

沒錯，他並未抱持著低劣的意圖，但無法改變不正當的事實。

「我怎麼想都想不通，妳和勇宰之間究竟發生了什麼。」

政宇不自覺地打破了兩人之間默認的禁忌。那是個是絕對不能說出口的名字。智芸靜靜地放下刀叉，抬起頭來，紅了眼圈。政宇還以為淚水很快就會滴落到餐桌上，他也不曉得自己這張嘴在胡說些什麼。為什麼沒頭沒腦地提起了勇宰的事？

她抬起頭來，再次開口道。

「你想說什麼？你到底還想知道什麼，都已經是過去的事了。我們之間提起這些，又有什麼好處？如果覺得難以忍受，現在就趁早放棄。這打從一開始就是政宇哥提議的，雖然我也同意了，但本來就是你起的頭。」

政宇感到混亂。真的是這樣嗎？煽風點火、引發這一切騷亂的是……

「那是因為我愛你。」

智芸的雙眼像燃油般熊熊燃燒著。

「瘋了嗎？你愛的人是恩希，你以為我不曉得嗎！」

政宇想中斷這場對話，但已是覆水難收。

「你猜的沒錯，我是跟勇宰睡了，這是什麼罪該萬死的問題嗎？當時的我根本不正常，跟你交往的現在更是精神不正常，不對，我甚至瘋得比那時更徹底。我也心裡明白，你會再次跟我交往的理由是因為我看起來很悲慘、覺得活得像個瘋女人的我很可憐吧。我是瘋了，我比誰都清楚。」

「別說了，是我說錯話了，我的錯。」

「你到底在說什麼？你有什麼錯？」

「這全都是我的錯。」

「瘋了，真的瘋了，你覺得你說的像話嗎？犯錯的人是我，是我一路把你拖累到這個境地，你聽不懂我在說什麼嗎？」

智芸就像個犯了癲癇的孩子似的，渾身撲簌簌地顫抖，除了滿佈血絲的雙眼，整張臉都像個病人般蒼白。

「對不起，是我錯了……」

「住嘴！拜託別再說什麼你錯了，我說了，犯錯的人是我！」

智芸尖叫出聲，終於忍不住嚎啕大哭。政宇注視著陷入狂亂的女人。

「為什麼偏偏是今天！我有多期待今天能見面，為什麼偏偏要是今天！」

結婚和家庭是同義詞。政宇躺在客廳的沙發上環顧四周，不過三十坪大的小小空間，就是家庭這個抽象存在的實體嗎？睡著之前，他打了電話給恩希，隨口扯了個老掉牙的謊言，說今天要在喪主家中過夜。她一邊囑咐著別喝太多，一邊掛上電話。

政宇知道恩希盼望的是什麼。她盼著一個和樂的家庭，丈夫、妻子和孩子們，像一個有機體一樣共同行動。她每天都坐著重複的美夢。智芸想要的大概也和恩希相去不遠，這麼說來，難道所有女人都渴望成立一個家庭？

他思索著身為一家之長能夠達成的成就。鄭仲勛社長有妻有小，以及法律認可的私有財產，這就是所謂成功男人的典範。

第一次約會時，政宇就在同一套公寓裡的同一座沙發上，和智芸發生了關係。但當時和現在，一切都已今非昔比，具體究竟是什麼變了，尚不得而知。萬一恩希和智芸並不想要婚姻，會變成怎麼樣？若將幸福家庭這個夢想置之不顧、棄如敝屣，情況又會有所不同嗎？

她們和自己一樣，都是獨立的人格個體。他不能理解，為什麼男女非得受到婚姻制度的束縛，給彼此造成傷害。就像他同時深愛著兩個女人一樣，恩希也可以愛著他和燦永，智芸當然也可以愛著自己和勇宰。

政宇搖了搖頭。我真的能夠承受那樣的地獄嗎？眼見自己心愛的女人和其他男人甜言蜜語，能夠處之泰然？這種情事，真的會在未來發生嗎？

智芸鑽進他的懷中。她將頭臉埋進他的胸膛，側耳傾聽他心臟的搏動。她似乎遺忘了剛才的爭執和矛盾，只聽見平穩的呼吸聲。

「我知道你在苦惱些什麼，這一切都是我的錯。」

政宇凝視著陷入黑暗的虛空。這份愛對他而言太過沉重，感覺恩希和智芸就像他無法負擔的高價寶石。在他腦海中，浮現出幼年時在南海邊看到的兩名天使。

「等一下。」

她起身穿過客廳，打開了房間的日光燈。政宇掀開薄被，靠坐在沙發上。返回客廳的智芸開了燈，坐在地上將臉埋進他的膝間，同時，在他的大腿上放了一份有輕如空氣的物體。他伸出手，感受到光滑的塑膠表面。那是存簿和印章。

「這是什麼？」

「我的存摺。」

智芸將臉頰貼在他的膝上，說道。

「政宇哥拿去吧。」

「什麼？」

「那是我從很久以前開始偷偷存下來的。」

政宇無法解讀她在說些什麼。

「那是我毫無目的攢下來的錢。我爸和我媽都不知道，真的誰也不曉得。所以，你拿去吧。」

政宇皺起眉頭。智芸仰起頭望著他。

「不要露出那麼嚴肅的表情。這沒有多少錢，但應該買得起一套鄉下的小公寓吧。」

政宇不明白，難道是因為沒上大學她才存下了這筆錢？她不同於尋常的二十歲女性，她沒有在衣物、化妝品和飾品上花錢，總是同樣的一身牛仔褲、同樣的上衣。相較於恩希喜好的品牌，她就連內衣和襪子也是便宜得無法比擬。

她究竟過著怎麼樣的生活？智芸在家人之間毫無生機的模樣令人震驚，但他仍以秉持紳士態度為藉口，並未追究個人情事，頂多試圖將她理解為在嚴苛父母手中成長的女孩。

政宇察覺自己犯了一個錯，智芸並不是一個普通的女孩子。她與生俱來的美和理性堅韌的心靈，掩蓋了黑暗的不幸。他為何至今都沒發現這一點？不，他為何逃避面對真相？

「我不能收，這是妳的東西。」

智芸的臉上露出明朗的笑容。

「我的就是政宇哥的、政宇哥的就是我的，對吧？」

他不禁失笑出聲。她不是個二十六歲的成年女性，她只是個七歲的小女孩，將臉頰貼在他的膝上渴求著愛，她像個在開口唱歌之前清了清嗓的孩子一樣認真。這一切都得歸咎於那本存摺的份量。她滿懷希望，金錢帶來的快樂擠兌了現實的重量，喚起對未來的期盼。

但政宇跟不上她的心理狀態。為什麼要放棄人人都會去唸的大學？為什麼連份工作也沒有，只顧著照料家人？雖然一直很好奇，但他就連一次也不曾追問，那並不是服膺期待的紳士舉動。

她又從地上拾起另一件物品放到他的腿上，存摺和印章也隨之掉落在地。

「你知道這是什麼嗎？」

那是本書，還是一本古老的童話書。

「這是《清秀佳人》，你有看過嗎？」

政宇搖了搖頭。

「這本小說的背景，據說是某一座小島，看來安妮住過的房子應該也還存在著。如果真的必須離開、前去某個地方，我一定會到這裡去。我想親眼看一看，安妮是否真的在那裡幸福地生活過。」

「為什麼？」

「政宇哥，這種事是不需要理由的。」

「我帶妳去。」

「真的？」

他做出了無法兌現的諾言，就像一名父親對年幼純真的女兒發下豪言壯語，等妳長大以後，爸爸要送妳王宮當作禮物。智芸跳起來親吻了他的臉頰。政宇很吃驚，這還是智芸第一次這麼積極地表達愛意。她像個喜不自勝的小孩撲抱在政宇身上，找到嘴唇接了個吻，她長長地嘆了口氣，說道：

「我爸去美國之前就和我約好了，等我一結婚，就會把這套公寓送給我。等拿到公寓，我就用不著擔心錢的問題了。或許在你眼中看來我好像很可憐，但我其實是個大富翁。所以，政宇哥就收下這筆錢吧，這是我的請求。」

他在天亮之前離開了公寓。智芸下樓來到停車場，為坐進駕駛座的他送行，臉上帶著燦爛的笑容，好似成了一名新娘，放在副駕上的公文包中收著她的存摺。她的身影逐漸消失在後視鏡中。那天晚上，他本打算向智芸告別，但卻沒能說出口。他下意識地朝著可樂洞開去，最後在十字路口扭轉了方向盤。喜歡睡晚一點的恩希應該還在香甜的夢裡，他不能穿著沾有其他女人氣味的衣物回家。

車子被紅綠燈攔停的他，從公文包中掏出了存摺。準確來說，裡頭共有四千七百九十五萬四百韓元[97]，正如她所說，這筆錢堪堪能在地方小城市裡購置一套公寓。他驀然醒悟，這不是有錢人家的獨生女閒來無事、圖個好玩存下的款項。就在四天前，她還存入了三萬四千五百韓元[98]，提款的紀錄卻連一筆都沒有。

＊＊＊

97 約合台幣一百五十萬元。
98 約合台幣一千元。

恩希很喜歡燦永，最主要是因為這小子很安全。兩人在地鐵的階梯上偶然相遇時，也是她主動提出一起去喝杯咖啡。對她而言，燦永勾起了她的懷念，懷念在心中被抹去的小時候。

「妳打算什麼時候結婚？」

燦永並不是一個好奇心特別強的人，所以這問題令她有些詫異。

「目前……還不太確定，政宇哥好像還沒辦法做決定。」

「哥確實是個奇怪的人。」

恩希細細地思索著他這句話。

「你就不奇怪嗎？」

燦永瑟縮了一下，彷彿遭到出乎意料的突擊，接著立刻爽朗地笑道。

「沒錯，仔細想想我也是個怪人，或許比政宇哥還更異類也說不定。以前我好像都不曾這樣想過，總覺得全世界都瘋了，眾人皆醉我獨醒。」

「不，你是個好人。」

這並不是空話。她和燦永待在一起很輕鬆，無須感到不必要的緊張。他是個從容、習於等待的男人，和他交談，心中總會不覺平靜下來。或許他就是那為數不多的少數人，能夠真心地理解政宇，縱然如此，恩希還是沒有向政宇透露她們私下的會面，只是不想引起不必要的誤會。然而，後來這卻漸漸成了習慣。小學同學，兩人相識時日已久，燦永非常了解她。但今天的對話卻有些怪異，打從一開始就跑偏了方向。

「你知道政宇哥有去參加勇宰的婚禮吧？」

恩希雖盡力掩飾了驚慌的模樣，嘴唇卻不自覺地顫抖。政宇從沒有向她提過。還記得當她轉交了郵寄過來的請帖時，他明明撕毀了請帖。

「啊，抱歉，我只是突然想到才提的，想起了以前的事情。」

恩希揣度著他話中的意思，有件事令她十分掛心。應該是在國中畢業前夕的那個冬天，她頭一次從男孩那裡收到了一封信。信件的內容相當單純，是個生澀的邀請，問她要不要在週末搭火車去自己外婆家所在的春川遊玩。她有些膽怯，沒有回信，雖然如此，燦永待她依舊一如往常。直到成年之後，她才意識到那是一種告白。恩希第一次覺得和燦永的談天有些彆扭，在他心中，到底隱藏著什麼樣的想法？

「說到以前，是指我們初次碰面的那個咖啡廳？」

「可能是，也可能不是。」

燦永的表情黯淡下來。

「就像妳說的，自從那天政宇哥出現之後，我們的關係就變得有些尷尬。」

她感覺到肩膀上的疼痛。最近只要過度疲勞、或是受到壓力，她的雙肩就會反射性地開始酸痛。

「對不起，我不是很想聊這些事。那些都過去了，也沒有意義。」

燦永低頭看著手中變得涼冷的茶杯。這是頭一次，和他碰面之後氣氛變得如此凝重。她有些不安。

「我也這麼想，過去的事還有什麼差別呢。我們都已經是和以前不一樣的人了，所以……」

恩希無法集中注意力，瞥開目光望向了托特包。如果可以，她只想立刻拎起包包起身離開。

「覺得疲憊的時候隨時聯繫我，就像現在一樣，當朋友般聊聊天。還有，我覺得現在還沒有底定任何事。妳也是、我也一樣，政宇哥也沒什麼不同。至少目前，我們都還是自由的。」

恩希沒有回答，只是點了點頭。她很害怕，如果繼續聊下去，不知又會迸出什麼話來。

車窗外頭，人潮紛雜。恩希以醫院的預約為藉口起了身，兩人和往常一樣在咖啡廳外分頭離開。恩希幸運地立刻攔到一台剛放下乘客的計程車，她將身子埋進座位中，像在說著什麼秘密似的給政宇發送訊息。

「政宇哥，今天也會晚回來嗎？如果早點下班，要不要吃海鮮義大利麵？好久沒吃了。」

和往常一樣，訊息石沉大海，沒有回音。他一直是個反應遲鈍的人。

「恭喜，妳懷孕了。」

恩希搭上通往整形外科的電梯，卻在無意識之中按下婦產科門診所在的樓層。醫師向她證實了，那並不是單純的直覺而已。

「有時間的話，再和先生一起來一趟醫院吧。」

醫師抬了抬頭示意道。在離開醫院的時候，恩希感受到一股衝動，想對一臉雀斑的護士多嘴兩句。其實，她和同居人有事實婚姻[99]的關係，他也很愛自己。

回到公寓，她攤在沙發上凝視著半空，興奮之情和疲憊同時襲來。她一直都很小心

99 指男女雖未結婚，但雙方皆有成為配偶的意願，並有事實上的同居關係。在日本較為常見。

採取避孕措施，政宇也不介意戴保險套，反倒是她比較不喜歡。到底是在哪兒出了差錯？即使她再怎麼仔細回想，也沒有答案。

她猶豫不決。她甚至猜想不到周遭的人會如何看待未婚女性懷孕這件事。未婚男女婚前同居仍是叫人不快、偏離常軌的行徑，一直以來，她總是努力忘卻他人的目光，此時卻從中感受到了恐懼。那程度越強烈，娛樂效果就越大，自以為掌握了事態的人就會將醜聞延續下去。她落下眼淚。即便她很確信政宇自己的愛，但掉落的淚水卻無法輕易止息。

政宇一星期總有兩回會在喪家過夜，回到家的時候，看上去比任何時候都憔悴。恩希焦慮地望著政宇。他真的會為自己懷孕的消息感到開心嗎？

「恩希，妳不要誤會，先聽我說。」

當時，她正忙於準備遲了的宵夜。他將她叫到餐桌旁。恩希覺得自己應該先開口，但主導權已經轉移到政宇的手中。

「我不知道該怎麼解釋，但總之，我沒辦法再繼續下去了。」

她的心口一沉。

「繼續什麼？」

「我現在的工作，只要妳點頭，我打算明天就遞辭呈。」

沉重的失望感伴隨著鬆了口氣的心安，一同湧上心頭。

「你打算辭了報社的工作？為什麼？」

雖然她盡可能柔和地說話，但嗓音卻止不住激動的顫抖。

「沒什麼，倒也不是非辭不可，只是覺得這份工作好像不太適合我。」

「不適合？那你適合做什麼？」

政宇吃了一驚，直愣愣地盯著她的臉。

「辭職的話，你打算做什麼？再回去繼續教學生？」

恩希並不想窮追猛打，工作嘛，再找也就是了，自己比誰都更清楚政宇的能力。然而，尖酸刻薄的抗議卻走向適得其反的方向。

「政宇哥，我們都已經不是小孩子了，沒有什麼性格不適合就要辭職這種事。如果單就這種理由，大部分的人都該辭職不幹了。」

「那妳是要我一輩子做自己不想做的工作嗎？」

政宇對自己脫口而出的氣話感到吃驚。

「我們已經是成年人了，都長大了，不是任性驕縱的年紀了，不是嗎？」

「任性？妳是說，我現在是像小孩一樣在耍賴嗎？」

「這不是任性是什麼？面對一個宣稱明天就要寫辭呈的人，我要說什麼才對？你知道我們一個月要花多少錢嗎？管理費、水電費，還有生活費又該怎麼辦。你真的有計劃未來嗎？你打算像現在這樣活到什麼時候？永遠照這副德性過下去嗎？也不結婚，就這樣過日子？」

恩希感受到從心底湧上的火氣。他到底有什麼不滿，成天像個失了神的人一樣在外頭到處閒晃？究竟為什麼一再推遲和我的婚姻？若不是對漫長的同居生活感到厭倦，就是我失去女性魅力的也說不定。不，說不定連愛情都已經從男人心中逃逸。隨著心中累積的焦躁，也引發了她的憤怒。

「忍，所有人都是這樣隱忍著過日子，不是就你一個人在幹和自己興趣不合的工作。還有，既然都說到這份上了……，政宇哥，你認為這世上真的存在最適合自己的工作嗎？你說說看，那到底是什麼工作？」

恩希是反應過度了，政宇無法理解。工作的話，辭職之後再找就行。換作平時的她應該會這麼說。她隨時都抱持著樂天且積極的世界觀，總是在身旁保護並支持著自己。但今天的她，就好像換了一個人格似的刁鑽。不，她就像一個不講理的女人，因無法擺脫自己厭惡的小市民生活而無理取鬧。

他不能將一切和盤托出、如實說明。該隱瞞的就要隱瞞到底，他想在她不受到傷害的前提下盡可能地處理好情況。為了徹底斷絕與智芸之間的關係，他必須先放棄這份工作。無論如何辯解，他終究是仰仗著她父親的權力進了這個職場，若還得繼續面對那個男人，他終究無法劃清界線。

「那妳為什麼要和燦永見面？難道妳還在留戀那傢伙？在和我交往之前，妳是不是被勇宰給甩了，又和那小子有過一段？」

「你瘋了……」

「妳說我瘋了？既然妳跟勇宰都做過了，沒道理妳和燦永就做不出那檔子事。」

恩希臉色煞白。失去血色的唇瓣像躺在砧板上的魚鰭那樣不斷顫抖。政宇感到自己的意識正在分崩離析。他想請求原諒，他想服從她的胴體散發出的美麗、她對待他人和世界的積極肯定，臣服於慈悲的愛情。

「你瘋了嗎？你怎麼有臉跟我說這種話？那你又為什麼去參加勇宰的婚禮？你想在那裡見到誰？難道不是想再去見那個叫智芸還什麼的臭女人一面？是不是打算去跟她告白，說妳是我的初戀？」

令人不快的噪音震耳欲聾，又像是種爆裂的聲響。他喪失了理智，回過神來一看，只見自己的右臂已高舉在半空中。

「你現在是想要打我嗎？」

砰地一聲，她將雙手用力砸在桌面上，同時站起身來尖聲怒吼。

「好，打啊！你要是有膽幹出這種事，你就試試看啊，我這輩子可沒有活得這麼窩囊，輪得到你這種人來打我！來啊！」

政宇失魂落魄地僵在原地、無法動彈，整個人被某種看不見的存在所操縱。那是隱形的利爪。剎時間，狠戾的瘋狂彷彿貫穿了心臟，爆發出來。

『賤女人！妳這妓女！骯髒的妓女！』

亡故之人的聲音從地底傳來，一道鋒利的光芒一閃而逝。在這一瞬間，政宇意識到自己在短短時間內，失去了深愛的兩個女人。

在這場沒有意義、沒有目的、沒有名字也沒有實體的戰爭中，他徹底潰敗。恩希並沒有哭，她只感到畏懼。在她眼前的男人，並不是她所認識的那個溫柔、知性的他。

等到政宇愕然回神，他才發覺只剩自己一人孤零零地被留下。餐桌上的車鑰匙消失不見，玄關的磁磚上只有手機的殘骸碎了一地。他呆若木雞，愣了好半晌，反應不過來究竟發生了什麼事。在這連月亮都沒有的三更半夜，她又會跑到哪兒去？形單影隻的他，感受到熟悉的孤獨感漫上心頭。

他的手機響起，話筒另一端傳來在生死邊緣掙扎的呻吟聲。是智芸。搭上計程車的時候，他仍不清楚自己在追逐著什麼。

＊＊＊

浴室的瓷磚上血跡斑斑，用白色毛巾包裹著手腕的女人，身子一半倒在屋中、一半還在浴室裡頭。在短褲和短袖T恤之間，可以看見她削瘦的四肢，像是用斷裂的鐵絲勉強連接著。一頭黑髮如海草般遮住大半張臉，看不清臉上的表情。一見到鮮血，立刻搭著計程車趕來的同時，激烈跳動的心臟微妙地緩和了下來。

政宇跪坐在地上，撥開智芸散亂的髮絲，失焦的瞳孔恍若遇難的船隻閃爍著絕望的求救訊號。他在浴室裡發現了沾染血跡的水果刀，逐漸凝固的血液看起來就像沾黏在特殊鋼材上的果凍。為了止血而用來包裹的毛巾，上頭的鮮血也像調色板上的顏料凝固了。從乾涸的嘴唇之間流洩出細微的抽噎，有如生命即將熄滅的野獸。政宇將胳膊穿過背脊和膝蓋下方，將她抱了起來，如棉絮般輕飄飄的重量，讓他不禁嘆了口氣。

他乘著電梯下樓，等在外頭的計程車司機匆忙下車，拉開後座車門。他不明白，智芸為何要做出極端的選擇，又為何在最後一刻撥通電話。她多半已接到死亡不祥的邀請，命在旦夕。死亡是深藏在內心的終極抵抗手段，智芸掏出最後一張底牌的決絕，令他無比痛心。

政宇呆坐在急診室走廊的椅子上。智芸或許已經察覺了，她並沒有遲鈍到無法發現自己將會回到恩希身邊的事實，但這也不足以成為她捨棄性命的理由。他在心底呼喚著恩希的名字，只有她才能平撫這一切災難和動亂。

當警察抵達時，政宇切實地感受到恩希的空缺。如果是她，面對眼前事態一定也能應付自如，恩希到底為什麼獨自消失了？因夜間執勤而憔悴的年輕警察，聽見醫師表示病人已經度過危機的說法便安下心來。在擁有「自殺共和國[100]」污名的這座城市，這只不過是無數件騷動之一。政宇表示自己是患者的男友，警察確認了政宇的身分，通報目擊證人在場之後就離開了醫院。

再度剩下他孤身一人。他乾瞪著手機，卻找不到任何人能夠聯繫。智芸父親的電話打不通，母親和弟弟人在西雅圖。或許打從一開始，智芸就是那個被拋棄的孩子。政宇像是初次面對這個世界一樣環顧周圍，夜晚的寂靜吞噬了外界的控訴，衝撞著堅固的牆面。

同一時間，身上吊著點滴的智芸陷入深沉的睡眠。一個大量失血的女人，她睡得過於安詳。在移動往住院病房的電梯裡，政宇仔細俯視躺在電動床上的她，她的臉上泛著血色，像新生的嬰兒一樣。在演進過程中遭到遺忘的古代基因，將她轉移到了另一個維度，或許他現在注視的，才是沉睡在她內心的真正面容也說不定。不是由基本粒子組成的物理性存在，而是她獨一無二的本質，被這個世界所冷落、拋棄的唯一的靈魂。

政宇在可樂洞的公寓裡換掉沾染血跡的襯衫，出門上班。早上十點，在晨會結束的時候他搭上前往董事辦公室的電梯。鄭社長並不在座位上，他將辭呈擺放在辦公桌上就離開了公司。他給醫院撥了電話，值班的護士表示患者的監護人在場，於是政宇再次返回可樂洞。他想暫時迴避和社長碰面的場合。

廚房的櫥櫃裡還存放著麥芽威士忌。政宇一邊喝著酒，一邊重新檢視昨晚發生的事件。恩希消失無蹤，智芸選擇了輕生。喝醉了的他，趴在餐桌上就恍惚睡去。門鈴響了

100　自二〇〇三年起，韓國長期居於全球自殺率的首位，每年均有八至十五萬人選擇輕生。

起來，一看時間已經是晚上七點鐘。自從昨晚恩希離開到現在，還沒有超過二十四個小時。是她回來了嗎？

他打開玄關大門，只見一對陌生的中年夫婦站在門外。他並沒有做好接待訪客的準備，一身襯衫發皺、頭髮四處亂翹，體內還散發出未能消化的威士忌味道。中年男性用低沉的嗓音自我介紹，他們是恩希的父母。在政宇換穿衣物、打理儀容的時候，恩希母親已經打開窗戶、替屋內通風換氣。女人和女兒一樣手腳利索，迅速地清理好散亂的酒瓶和酒杯，甚至洗了杯盤。這段時間，恩希的父親坐在桌旁，凝視著敞開的窗外，城市的噪音陣陣傳來，好似頻率不對的廣播裡的細微雜訊。

政宇也坐到餐桌前。女人翻找著抽屜，煮好一壺紅茶端上桌。在江南的小學裡做著校工雜活的公務員，是位沉穩持重的男人。

新鮮的晚風盤旋在兩人之間靜默的空間裡。男人終於開口，為了突然前來拜訪的事情道歉。短而整齊的頭髮、修長的身高，像黃牛般的大眼睛和緊閉的一字型嘴唇，還有些微彎曲的鼻樑，他是個頗具魅力的男子。政宇在他微露笑意的臉上，捕捉到恩希特有的爽朗笑容。

「不用擔心，恩希現在很好。」

男子像個慈祥的校長一樣，說著。

「我們會貿然前來拜訪，是由於恩希昨天跟我倆說了些事。為了和你吵架的事情，我想恩希心裡是很受傷，說跟你分了手、連婚也不打算結了。結果我們夫妻倆昨晚一宿都沒睡好，所以才這樣厚著臉皮過來打擾。」

「對不起。」

「不，你不需要道歉。反正男女共同生活，吵吵鬧鬧本來就是難免，我們不是為了責怪你才跑來這裡。只是感覺你們倆好像還沒做好決定，才想來幫幫忙。比起你或是我們女兒，我們畢竟還是多走了幾步人生路，應該多少能出出主意。當然，如果你不樂意，我們也不會強求。」

「別這麼說，是我做得不好。」

「孩子，你愛我們的女兒嗎？」

男子漲紅了臉，似乎他也沒有想到自己會問得這麼直白。當政宇給出正面回應的時候，男人明顯安心似的鬆了口氣。光看兩位的神情，就能看出恩希顯然並沒有詳談昨晚的衝突。政宇為她成熟的處理方式感到心疼，她總是走得比他更遠。

「是啊，所以兩人才會一塊生活度日吧。不知道你怎麼樣，但我們總是不自覺地為恩希的事懸著一顆心。一直以來，恩希都是個堅強的孩子，長大成人之後，也從來沒有闖過什麼禍。只是直到最近，我才得知恩希和你同居的事情。內人雖然幫著否認，但或許早早就知道了也說不定。但這也不是什麼大問題。因為我認為，無論我有多愛自己的女兒，我也沒有辦法代替她過日子，畢竟每個人都要面對自己選擇的人生。」

在政宇看來，男人雖然只有中學學歷，但他口中一番話給人的印象實在過分謙遜、有條有理。

「話說回來，你吃過晚餐了沒有？」

「還沒，我……，我還不是很餓。」

坐在沙發上的女人像是收到呼叫的酒店侍者般站起身來。她在廚房裡查看了飯鍋和冰箱，接著說道：「恩希把飯菜都做好了，只要煮個湯就可以開飯了。」

面對兩位意外的客人，政宇自知沒有理由阻止兩位的提議。

「那，兩位要一起吃頓飯嗎？」

所謂家中眷口，就意味著「一起吃飯的人們」，比起「家人」這個抽象的單字，它象徵的意義更加生動。政宇一邊和這對初次見面的中年夫妻吃著慢，重新認知到飲食的重要性。若吃不上飯，人類就會餓死，這個最單純不過的真理喚醒了他沉眠的意識。恩希的堅持是正當的，為了活下去他們必須填飽肚子，為了吃飽，他就必須工作。

「那定在什麼時候才好？恩希她媽媽好像不希望拖過今年。」

「什麼？」

「我是說結婚。總不能一直同居下去，是不是？」

「啊，對……。」

政宇含糊其辭地說著，意識到自己的失誤。

「如果兩位允許，我是打算就今年內，哪怕是今年冬天也要結婚。」

中年男子掃空了大半碗飯，滿面笑容地說道。

「家裡還有酒嗎？」

這一回，女人的動作也很迅速。她從冰箱裡取來了冰涼的燒酒和冰杯。

「我十九歲的時候就和這個大老爺結了婚，到現在都一起過日子。你們這不僅算是晚婚、還晚了不少呢。」

政宇側過頭來乾了酒杯[101]。隨著酒精下肚，氣氛也變得柔和。這時，率先放下匙筷

101 在韓國，飲酒時晚輩不得直接在長輩面前飲酒，需迴避轉至側面喝酒，才算盡禮數。

的恩希母親看了看眼色，有些擔憂地說道。

「如果打算在今年冬天舉行婚禮，到時候你們打算住哪兒呢？」

這始料未及的提問，讓政宇大吃一驚。

「這套公寓，是我們準備給恩希折現貼補嫁妝用的，難道你們婚後也要繼續住在這兒嗎？」

「啊，妳這人，現在不是提這種事的時候嘛。」

男人溫文儒雅的臉上擠出不愉快的皺紋，然而，或許他也很想知道答案。

「聽恩希說，你還有媽媽獨自住在鄉下。阿姨只是在想，如果這麼快就要舉辦婚禮，不知道你準備得怎麼樣了，這才多問兩句。要是手邊不太寬裕，我們家可以多出一點。真的有困難，那就在這兒開始新婚生活也沒什麼關係，是不是？」

就這一席話，政宇就看透了恩希媽媽的內心，既然都提起了結婚的事兒，她就盤算著得到明確的答覆。眼見著女兒過了適婚年齡，卻連婚禮都還沒辦、就一直過著同居生活，這段日子以來，做母親的應該對此耿耿於懷。然而，政宇卻意外地一口氣答應了結婚，她自然不願錯過這個意想不到的機會。

這一刻，政宇腦中浮現了躺在公文包裡的那筆鉅款。那是智芸給的錢。他曉得自己正在逐漸陷入瘋狂。

「不管怎麼說，真的是太好了。那麼，婚禮的問題以後慢慢再談吧。」

恩希母親終究沒能開誠布公地吐露心裡話，帶著複雜的心情注視著政宇。吃完飯後，兩位像是該忙都忙完了一般，著急地準備返家。政宇一路將兩人送到計程車招呼站，才回到公寓裡睡下。

政宇在鬧鐘聲響中睜開雙眼，為自己不用再上班的事實感到安心。他迅速沖了個澡，一路趕往醫院。在走進醫院之前，他像其他來探病的人一樣匆匆在花店裡買了束水仙花，沒有時間去思考水仙花的花語是不是適合患者。

智芸已經從普通病房轉移到私人病房中。因為已經過了上班的時間，沒看見鄭社長的身影。她靠坐在病床上，不發一語地凝視著插在花瓶中的水仙。光看她已經恢復氣色的臉龐，實在令人難以置信她才剛在鬼門關前走了一回。

智芸招招手示意他走近些，低聲說著希望他能抱一抱她。政宇爬上鐵製的病床，摟住她瘦弱的身軀。窗簾的縫隙間透進耀眼的陽光，彷彿風已經將灰塵都帶走。她將臉埋進他的胸膛，呼吸逐漸緩慢下來。

或許，愛情本身就是一段準備離別的過程，永恆的愛並不存在。她必須忘了我，我也必須忘掉她。有些人說，世界上只有獨一無二的愛，但愛真的只是唯一嗎？愛情為什麼非得是唯一呢？

政宇替睡著的智芸拂開滑落到面頰上的髮絲，接著打開桌邊的抽屜，將她的存摺和印章放了進去。他心想，如果愛情就像這種看得見、能夠交換的物品就好了。放下存摺後，他的掌心裡，多出一把在抽屜裡發現的公寓鑰匙。

恩希手中提著浴籃，直盯著政宇。她剪短了的頭髮露出脖頸，說明了她一度經歷了狂風暴雨的心理狀態。政宇走上前去，將她攬進懷中。恩希鬆開了手中的浴籃，放聲大哭。直到他將這副因嫉妒和憤怒而顫抖的身軀擁入懷裡，他才醒悟自己究竟真心愛著兩個女人中的哪一個。

與恩希道別後，政宇坐上Sonata開向狎鷗亭的公寓。他就像社區裡的居民般停好了車，解除了雙重防盜鎖進到屋裡。屋內依舊維持著不自然的死寂，以及自殺未遂的餘波。他立刻往智芸房中走去。簡單的房間裡只有一張單人床、衣櫃、老舊的木製書桌，房裡沒有一絲色彩，讓人難以相信是個二十來歲的女性居住生活空間。

在來到這裡的一路上，他認為或許自己能在此處解開圍繞在智芸身周的重重疑雲。他盼望能看到自己與身邊人所不認識的、她真正的模樣。最佳的進展是能在她的抽屜或秘密箱子裡，發現她老舊的日記本，那將會是最直接的紀錄，能夠解開她的不幸和謎團。萬一她沒有書寫日記的習慣，他希望至少能找到一張紙條。然而，這個狹小又平凡的空間，根本是個無法生活的不毛之地，更不是能讓一位成人女性隱藏自身秘密的場域。不，這兒不過是個過道，風與他人無論何時都能進犯。

在這裡，她被強迫成為家中的一員、一個歸屬社會團體的人格個體。桌面上擺放著一本維吉尼亞．吳爾芙的傳記，乳液、梳子和一隻原子筆，在衣櫃和抽屜櫃裡也展現出同樣極端的極簡主義。內衣、襪子、T恤和褲子，甚至外套等無一例外，全是毫無個性的廉價工業產品。

心中前來尋寶的悸動蕩然無存，唯一可能的推論是，她已抹去自己的痕跡，準備好隨時從這個世界上消失。政宇不能理解，為何智芸會如此執著、意圖抹滅自己的存在。

他一屁股癱坐在床墊上，那是張年歲已久的床鋪。他一頭倒下，將頭枕在枕頭上。接著他的目光忽然固定在一個物體之上，一封沒有寄件人、也沒有寫上收件人的白色紙質信封映入眼簾。那是智芸留給自己的信，也是一封未能傳遞到收件人手上、未完成的遺書。

政宇哥，

我沒想到用信件傳達心意是這麼困難的一件事，

在這最後一刻，我想把一切都坦誠相告，但卻做不到。

以前哥哥問過我，我對書籍愛好會不會太老套了，對吧？

一本一本地整理下來，才發現我真的好像個古人呀。

所以，我也想像以前的人一樣，向政宇哥表達心意。

不，或許戴上面具反而能夠更坦白也說不定。

我喜歡維吉尼亞．吳爾芙，我就躲在她身後說吧。

政宇低頭看著擺在桌面上的書，厚重的書籍封面是吳爾芙的肖像。接著，他再次將注意力轉回信紙。

給我心愛之人，

現在的我，正坐在客廳裡看著流動的江水。回想起你的聲音，我獨自笑了。遇見你、成為你的女人，我從不曾後悔。雖然我們沒能結婚就將分手，但對我來說，就連這些都是過分的幸福。或許在你眼中，我是個奇怪的女人，看起來應該是個從不表露內心的神秘女人吧。

之所以寫下這封信，是為了在我死後解開誤會、解除你必須承受的悲傷，也是為我愚昧的死亡做出最起碼的辯解，是我總有一天意欲傾吐的故事。

我現在的父母並不是我的親生父母。我出生在雙胞胎兄弟的哥哥家中，被領養成為弟弟的女兒，身為剛出生的嬰兒，我被排除在這個重要的決定之外。這件事發生在遙遠的過去，更發生在我無能為力的時期，給我留下了無法治癒的傷口。當時的絕望，真的無法以文字表達。

我的不幸並沒有就此結束。去年夏天，我的堂弟已經長大，來到對異性有所好奇的年紀，我也試著體諒他從衣櫃中偷走內衣、或是偷窺我的身體這類行為，但我從來不曾想過，他竟會對我做出骯髒惡劣的事情，甚至還是在我的床上……。但事件過後才是真正的問題，母親深愛的親生骨肉只有一個，我無法違逆這個事實，只能在可怕的暴力之中將真相掩埋。

早在這件事發生之前，我就已經對這世界感到害怕，對他們擁有的力量感到恐怖。比起充滿暴力和瘋狂的歷史、比起血淚斑斑的悲劇，在我心中，更駭人的一直是那些男人的慾望。我也無法解釋，為何我會對男人感到如此厭惡。

與你相愛，純粹是我的野心。我盤算著，總有一天，我一定要利用一個不認識的男人，讓他愛上我，狠狠地折磨他，而那個獵物就是你。因為我認為你是我的希望，能夠洗滌我的嫌惡。我曾經問過你，會不會願意為了我去殺人，那時，你答應了我。打從那時起，我就開始害怕我自己，我意識到，瘋了的人其實是我自己。

此刻，你所愛的那個女孩的臉龐浮現在我腦中，她是個善良又漂亮的女孩。雖然她沒能和我成為朋友，但給我留下了很好的印象。如果能貿然拜託你一件事，希望你好好照顧那個女孩、不要讓她受傷。她是能夠給你帶來幸福的女人，即使在你抱著我的時候，我也知道你多麼想念她。毋需同情我的愚昧，也不必試圖理解我的衝動，我們都很清楚，同情畢竟不是愛情。但我仍想對你訴說我的感謝，謝謝你沒有離開我身邊。

最後，我要明確地說，關於我的死，你沒有任何責任。我的逝去和你的幸福位在截然相反的兩個極端，猶如天堂和地獄，是完全不同的世界。所以，即使我死了，也不要太過悲傷。不要相信命運，亦不要屈服於偶然。

我深愛的你，現在我要和你道別，如果你能記得我，我會很高興的。

P.S 和恩希結婚吧。

政宇將遺書收進外套口袋，走向陽台，低頭俯瞰著擁抱晚秋情懷流淌的江水。剛才看見的那本書還握在手中，他相互比對了維吉尼亞．吳爾芙與智芸的遺書。吳爾芙的遺書原件名為〈望著那江流淌的河水〉。

給全心疼愛我的倫納德，

我要透過這封遺書告訴你，

一直未能說出口的，我人生的秘密。

智芸改寫了這部分的內容。在原版內容中，文章始於維吉尼亞．吳爾芙的家庭關係，描寫身為鰥夫的父親和喪夫的母親再婚的經過，接下來開始敘述問題的開端。

我此生的不幸始於六歲那年，
同母異父的哥哥傑洛德．杜克沃斯趁著母親不在的時候，
對我做出可恨之事，
仔細觀察並撫摸了與他身體構造不同的我。
從那時開始，我就對身體產生嫌惡感和羞恥之心，
所有與性相關的事，都出現無條件排斥的心態。

智芸的文本亦忠實於原文，坦白自己曾經遭受青春期堂弟的性侵害。然而，維吉尼亞．吳爾芙的不幸並未僅止於此。十三歲那年，吳爾芙的母親過世，兩年後，姐姐史黛拉也離她而去。接著，更大的不幸降臨在她身上。

然而這一次，是剛度過青春期的同母異父的二哥喬治．杜克沃斯，
對我做出了可惡之事。
原本就無依無靠、滿懷不安的我，
在毫無防備的狀態下時時遭遇到這種事，

真的幾欲瘋狂。

維吉尼亞・吳爾芙在此闡述了自己遭到兩名異父哥哥的性暴力。智芸曾煩惱過該如何處理這一部分，接著巧妙地隱藏在文字之中。雖然順序顛倒，但意圖傳達的意義則是相同的。

政宇感到混亂，就好似智芸在要求自己解開這個謎語。她雖描述了自己對男性的欲求產生恐懼，但那不過是掩人耳目罷了，其中還掩藏著更本質性的謎團。政宇必須找到答案。但是，找到解答之後，就能將不幸終結嗎？對她來說，不幸依舊是現在進行式。

當政宇在陽台上分析比較兩位女性遺書的時候，此刻的智芸推開了病房的窗戶，呼吸著涼冷的空氣。這裡是位在七樓的單人病房，可以俯瞰到下方的江水。在預測到死亡的瞬間，她從醫院的窗戶墜落。

共時性是神秘的。為了出現在遺書末尾的偶然和命運這兩個單字，政宇陷入混亂、神智近乎恍惚。當江水流淌，他被不祥的預感所籠罩，在一陣尖利的電話鈴響中，他回過頭來。

＊＊＊

光是一九九七年一整年，全國就舉行了四十餘萬場婚禮，新郎洪政宇與新娘李恩希的結婚典禮，也和平凡的新婚夫婦沒有什麼不同。婚後不到六個月，新娘肚子裡的孩子就呱呱墜地，是個有著圓滾滾的眼睛、發出響亮哭聲的女孩。恩希給孩子取了「漢娜」這個有著異國風情的名字。

政宇在新興的網路新聞媒體擔任自由撰稿人，收入吃緊，生活費卻在增加。恩希抱著熟睡的孩子走到陽台，凝望著初夏的夕陽，都市裡的鐵塔和高樓大廈被落日染上色彩，像打翻了朱紅色和紫色的顏料。眼前不現實的風景令她看得入迷，陷入想要放下一切的誘惑之中。政宇帶著蒼白的臉色回到家，短暫闔眼之後，又在凌晨一大清早走向門外的世界。

他踐踏著他們的婚姻生活，像是在對什麼復仇似的。深夜裡，丈夫摸索自己身軀的手像冰一樣涼冷。恩希在他的眼中看見一個女人，她用她的死殺了這個男人。他變成一個藏有諸多祕密的男人，遁逃到黑暗之中。恩希無法擺脫自己的疑心，認為他早已不再愛著自己，她將熟睡的孩子放下，自己也躺在孩子身邊試著入眠。如果可以，她希望能修正未來。

大姨的長子從醫學院畢業後，在江北的教學醫院任職。恩希在他的幫助下找到了一份工作，她寄出履歷、結束面試後，便開始在表哥同屆同學開設的眼科醫院中工作。她的工作內容是以諮詢為藉口，勸誘來院就醫的病人進行高價的手術。為了建立信賴感，她必須注意衣著、隨時面帶微笑，最重要的是，說服人們相信醫院不會向他們收取不正當的費用。這項工作對恩希來說並不困難，醫院和顧客兩造都獲得了滿意的諮詢服務。在接受最尖端的醫療服務這一點上，富裕的老人家不會吝惜金錢。

這段時間，漢娜在外婆家看著圖畫書和電視度過。恩希透過節食和散步集中精神，為了不讓丈夫的缺席動搖一家人的生活，她必須穩住家庭的重心。現在，她只能獨自計劃未來。她東拼西湊地挪出一把資金，在板橋[102]買了一棟鄉下的房舍。當時，新都市開發的傳聞沸沸揚揚，置產費用自然頗為可觀。

就在此際，婆婆從密陽鄉下搬到首爾，展開了新生活，她掉著淚頻頻恩希道歉。自

102　位於韓國京畿道城南市，緊鄰首爾江南區，板橋新都市於二〇〇三年竣工後，成為首都圈高速發展的城市之一。

從母親上來首爾之後，政宇的臉色明顯好轉許多，看似很滿意往返於公司和家中的日常生活。然而，幸福並沒有持續太久。

在ＩＭＦ危機[103]之後，許多人失去了職場。政宇在遞交辭呈後成為失業者，在大規模的裁員整併之中，看起來並不特別。當時，眾多家庭的家長都無力地跌入經濟的深淵，妻子無從得知那些丟了工作的丈夫，都在外頭做些什麼。

生活就這樣一夕崩潰。政宇在全國奔走，寫了諸多文章揭發舉報勞資糾紛與不正當的解雇，但他所寫的報導並未受到記者的矚目。日復一日，政宇倚靠酒精苟且偷生。當他抵達造船廠前，他被夾在罷工抗議的勞工之間，倒在了柏油路上。恩希扶起他，帶他回到首爾。

她無法理解政宇的沮喪和絕望，也放棄不了他，在恩希眼中，他看起來就像患上了青春期的狂熱。對世界的憤怒讓男人放下了一切，只是沉默地凝望著車窗外。

在首爾待了三、四個月後，政宇又再度回到南方，這次去的不是工業地帶，而是人跡罕至的漁村。他說要去寫書。恩希對這句話抱持著希望。他便在開窗就能看見海濤的老舊瓦房中落了腳。由於海岸邊的岩石粗糙難行，此處並未受到避暑遊客的青睞。他將筆記本和鉛筆攤放在桌上消磨著時光，就這樣待在沒有書也沒有電視的空屋裡，只是凝望著大海。每個月，恩希會帶著漢娜南下一趟，並把丈夫空蕩蕩的冰箱填得滿滿當當。將女兒抱在懷中的時候，政宇偶爾會像個瘋子一樣發作般地狂笑。他並不是個謹慎的人。

不到半年，她就在老舊的衣櫃裡發現了女人的內衣。恩希偷偷南下，在瓦房的小院裡窺見一個烤著魚的女人，那是個肩膀寬大壯實的鄉下女子。若要與她對峙，她沒有取勝的自信，比起厭惡，更多的是恐懼。通過勞動鍛鍊出一身肌肉的女人，可不是平凡的鄉下婆娘，她是踐踏自己愛情的仇人，更是使婚姻分崩離析的元兇。

恩希把政宇叫回首爾，在婚後四年又六個月，他們協議離了婚。對二人而言，這都是一段說長不長、說短不短的婚姻生活。恩希並不埋怨政宇。

四年後，她再次發現了他，在某個廢棄礦坑村落教堂的葬禮彌撒上。看著他在遺照

103　一九九七年金融風暴後，以大財團兼併為主的南韓受到嚴重衝擊，宣布破產，韓國陷入金融危機，不得不接受國際貨幣基金組織（IMF）的救濟貸款。當年度許多人陷入失業潮，又稱IMF危機。當時亦造成許多造船廠倒閉。

裡笑得開朗的模樣，她淚如泉湧。死因是慢性酒精中毒引發的肝硬化和腸胃出血。

這是當年在教區裡發生的第一起孤獨死，發現屍體的人是村裡的里長，和屍身一起被找到的，還有一張看似遺書的紙張，泛黃的紙上寫著「對不起，恩希」一行字。里長為了尋找遺屬東奔西走，在恩希抵達後，便將故人留下的遺物和紙條交給了她。在以前妻名義開立的存摺裡，存有打零工或做勞力活攢下的兩千萬[104]韓元。恩希捧著遺書和存摺，像個受到體罰的學生，雙手顫抖不止。

在漆黑的採石場上，那年的第一場雪引發強烈的暴風雪，那天晚上，是漢娜生平第一次在腦中烙印下生父的面容。在被賜與了「聖佛朗西斯」這個洗禮名的父親遺照之前，年幼的女兒不明白為何流淚。教堂前的樹木，因暴雪吐出了痛苦的呻吟，不安的感覺不斷蔓延。

漢娜需要一個父親，恩希比誰都更清楚這一點。對於孤家寡人的年輕女人，這個社會的目光尖銳而逼人。他們總帶著半是擔憂、半是懷疑的眼神注視著恩希。

第一個向離婚後的恩希表白的男人，是醫院的院長東洙，他與身為醫院實際所有權人的妻子正鬧著矛盾，對恩希懷有愛慕之情，眼見恩希恢復了自由之身，於是鼓起勇氣向她告白。

那是在夏威夷出差的時候發生的事情。當時在檀香山舉辦了一場展會，以眼科專科醫生及醫療器材企業代表為邀集對象，雖然表面上採取國際醫學研討會的形式，但實際上是為了販售醫療器材，由企業方負責支付機酒費用的活動。在上午的會議議程結束後，各國的眼科醫生都在海邊散步或前去購物，恩希之所以能參加這種特別的海外出差行程，自然是因為院長的影響力。

五天四夜出差行程的最後一天。在一大早，兩名同行的年輕醫生出發前去考艾島（Kauai）之後，東洙並未出席會議，反而向恩希提議前去觀光。

「不去開會了，我們去海邊游泳怎麼樣？」

恩希一方面在內心慶幸自己帶了泳裝，另一方面又有些遲疑。在夏威夷沒有人穿連身的泳衣，在銷售員這般說詞下，她盲目購買了紅色的比基尼——一件比起實用性，更注重美觀的泳裝。

---

104 當時約合台幣五十五萬元。

恩希回到飯店房間，對著浴室的鏡子打量著自己穿上泳衣的身軀，所幸看上去問題不大。她在泳裝外頭罩了件印花的連身長裙，再搭上沙灘涼鞋。這件連身長裙露出了頸部和肩膀，縱使裙子極長，也予人清涼的感覺。

在停車場，東洙穿著短褲等著她。Jeep Wrangler[105]雖然外型粗獷，但一上路，就宛如一頭溫順的馬匹向前奔馳。道路上所有的車輛都按照規定速限緩慢行使著，恩希一路望著熱帶雨林和湛藍的天空直到厭倦。他們抵達了人煙稀少的海岸，將車子停在椰子樹樹蔭下，塗好隔絕紫外線的防曬霜之後，一口氣直奔向海邊。恩希拋下狗爬式游泳的東洙，獨自游到了遠遠的海中。東洙用讚嘆的眼神望著她的身影，等她喘著氣回到岸邊，他才放下心來替她蓋上毛巾。照射進血管中的陽光將整座白色沙灘籠罩上一層金黃。

兩人坐在毯子上，一邊享用著三明治和啤酒，一邊觀看著衝浪板上的那些年輕人。時間用非正常的速度緩慢流動，眼前展開了未曾預期的冒險。一時間，恩希意識到自己已經陷得太深，藏在墨鏡後方的眼眶裡噙滿了淚水。

為了擬定下午的計畫，東洙正忙於讀著夏威夷的地圖。恩希試圖掩飾眼淚，背過去趴著躺了下來，東洙用手邊的沙灘浴巾蓋住了她的背部和臀部。游泳後的疲憊和飯後的飽足感帶來了倦意，恩希感受著大海散發出的熱氣，就這樣睡了過去。

不知過了多久，再度醒來時，恩希發現東洙不在身邊，她的眼前剎時間一陣朦朧。她看見一個十來歲少年的背影，坐在海邊堆著沙堡，少年長長的頭髮好似成堆的海草。她覺得自己好像在窺視著一伸手就能抓住的西洋鏡，頭暈目眩。當沙灘浴巾從身上滑落，裸露的肌膚便密密麻麻地掀起雞皮疙瘩，恩希渾身顫抖。少年停下手邊動作，將目光投向海平面，靜止的狀態恍如延續到永恆。但幻影在須臾間崩潰，少年的背脊像沙粒般散落，影像逐漸崩解，只留下心跳的聲響消逝無蹤。赤道的海邊好似將那激動人心的情感吸納進漩渦，恢復了平靜。

沙灘上的熱度慢慢提高了她的體溫，恩希眺望著大海。東洙正將雙腳泡在海水中，和一對當地夫婦談笑著。若和那個男人一起過日子，生活真的會變得幸福嗎？東洙發現了在椰子樹下的恩希，張開雙臂朝她揮舞，當地夫妻也舉手示意，歡迎著她。恩希彷彿理解了男人的虛榮心，穿著一身比基尼朝他們走去。

105 又名吉普牧馬人，由美國汽車在一九八六年起開始生產的車款，二〇一八年已發佈至第四代。

兩人回到市中心，在飯店的餐廳享用晚餐，香檳甘甜，鋼琴演奏也溫和柔美。替兩人斟上香檳的紅髮服務生向恩希詢問兩人是否來渡蜜月。恩希聽懂Honeymoon這個單字，輕輕搖了搖頭。服務生從桌邊離開後，東洙頑皮地問他怎麼不回答Yes，恩希只是笑了笑，暗想這名差不多該擔心犯老花眼的眼科醫師在開什麼玩笑。

她猶豫不決。她想起白天在海邊遊蕩時體會的悲哀，恩希還沒有做好心理準備。她用柔情的目光凝視著望向自己的中年男子，他像個年幼的孩子，既開心又感到害怕。所謂的大人，就是會在恰恰相反的兩種情緒之間感到混亂的存在。

明擺在一男一女之間的誘惑如此甜蜜，但他卻遲遲躊躇不前。他並不是那種輕率莽撞的男人，會為了一時的慾望放棄累積至今的生活。他一次也不曾將自己推向冒險的境地，反倒期望她能積極表態。如果她開口要求他放棄一切，他似乎就能獲得肯定並付諸實踐，從沒有愛情的婚姻中走出來，出發尋找新的愛情。他靜候著恩希主動的邀約，希望她先開口詢問是否愛著自己。

他把用美國通運卡購買的珍珠戒指藏在口袋，等候女人的求愛；恩希以敏銳的直覺揣度著男人想要些什麼。接著她理解到，在這場危險的博弈之中，沒有人能成為勝者。恩希什麼也要求不了，因為他目前還是個已婚男人。

恩希的現實感順著赤道不冷不熱的空氣傳給了他，東洙注視著女人的眼瞳，像誤觸火源似的大吃了一驚。他這才驚慌失措地發現，自己已經越了線。他們不過是一同吃喝玩樂了一天，距離的愛情還有很長的一段路要走，何況無所畏懼地上床，奔著結婚而去？那條路太過艱險，他們沒有感受到飯後的飽足，而是沉重的疲倦。

「接著要做什麼好呢？」

看著餐廳裡逐漸疏落的空桌，東洙開口問道。

「回飯店吧，可能是因為游了泳，現在特別累。」

恩希的話讓東洙不知所措，她率先起了身。

一來到街上，他們自然而然地與一群觀光客混雜在了一起，恩希尾隨著他們，好像與他們是一行似的。當整群人鬧哄哄地湧進餐廳，周圍又再次安靜下來。東洙似乎想抵銷自己的狼狽感，猛地捉住恩希的手。

「只要恩希小姐願意，我已經做好了放棄一切的準備。」

話一出口，他便流露出心安的神色，那像是甫完成家庭作業的孩子的臉龐。恩希沒有回答，浪潮聲從高樓大廈之間傳來。在那一剎那，她回想起那個空蕩蕩的套房，房裡只有一張king size的雙人床，她開始苦惱，該怎麼做才能結束這個幻象。

在海邊堆沙堡的那個少年就是政宇。恩希躺在床上瞪著天花板，憶起在狎鷗亭洞咖啡廳裡，初次見面那時候。

他就坐在她的正對面，眼神冰冷而沉重，儘管如此，恩希仍在他的眼瞳中看見對他人無私的愛。她本能地知道他和其他男人有所不同。恩希害怕他的世界，同時也從那迥異的世界感受到誘惑。和勇宰分手之後，她在衝動之下前往江原道山村裡的部隊時，並沒有料到會與他墜入愛河。然而，愛情奇蹟般地降臨了。

人們都誤解了他，沒能看見他真正的模樣。恩希想起許多在自己身邊流連的男人，他們全是些現實主義者，因未來的不確定性瑟瑟發抖，同時也是懦弱的存在，畏懼著不知何時會降臨的貧困與災難。他們為了工作、年薪、公寓、房車、補習等等現實問題拼了老命，相反地，政宇則被正義、自由、平等、革命、詩、小說等等抽象觀念所束縛。恩希聚精會神地沉思，身為現實主義者的自己，為何會愛上這樣一個男人。

隔天一早，恩希在機場大廳裡向院長明確地傳達了自己的想法。

「我有所愛的人。」

東洙瞪大眼睛，點了點頭。回到首爾一週後，恩希向醫院遞了辭呈。

＊＊＊

漢娜重新建構了記憶，最早的裂隙已經無從追溯。她還記得廢棄礦村葬禮彌撒，在遺照之中見過生父的面孔。她的血管裡流淌著他的ＤＮＡ，即使這名男子於她無異於異鄉人。

他在愛情裡為何失敗？為什麼不得不拋家棄子逃往遙遠的大海？對父親的真實面貌，母親始終保持沉默。對當時年幼的漢娜來說，她只有唯一一名父母，直至學會「破碎家庭」這個單字之前，母親就是她十全十美的父親。

世上沒有一個孩子能繼承父母的愛情與失敗。漢娜以一名未婚媽媽的身分回到了韓國，周遭的視線依舊不甚友善。對於未婚的年輕女子獨力撫養藍眼睛的孩子一事，他們表現出擔憂，這些通過婚姻組建了家庭的普通人，對她傾倒著憐憫和責難藉以滿足自我。也有人試圖說服她，婚姻是獲得幸福保障的必要條件，縱使有各式各樣的問題存在，他們依舊主張婚姻珍貴的價值和喜悅。對於這些人的意見，漢娜沒有正面回應，也沒有出言貶損他們擁有的幸福都是虛假。然而，關於婚姻就是唯一的解方，這一點她仍無法認同。

她知道，現在自己必須有所改變。所謂的變化，並不是針對他人的憂慮和指責樹立一套防禦理論，而是要對年幼的女兒和自己二人的生活抱持信心。

她從未刻意隱瞞自己是未婚媽媽的事實，即使社會上對未婚媽媽的偏見依然。因此，當雇主們審視她提交的履歷，總是無法拋開那一絲的不安，對他們而言，漢娜不過是破碎家庭中的一員。她總在接到回絕的通知時才認知到現實，令人失望的情形不斷延續。

主修藝術史、而後再轉向政治學的經歷，也加劇了她履歷上的混亂。事業經歷一度中斷的女性，在窄如針孔般偏狹的就業市場上往往不受青睞。漢娜開始尋找過去在藝術圈有過緣分的人們，經過多方打聽，終於從過去擔任展覽企劃的前輩手中得到委託，以「現代義務與政治」這個主題書寫一份採訪報導。漢娜埋首於書寫，終於在截稿時間前寄出了原稿。

她的文章被刊載在雜誌上，並在一個月後收到稿費進帳。這是她作為自由撰稿人獲得的第一份收入，她和女兒秀英一起吃了披薩，慶祝自己的成功。報導的反響不錯，又接到了後續稿件的委託，這便是她成為非正職撰稿人的起點。不同於正職員工，她的收入較少，前景也不明朗，但為了解決眼下的經濟問題，她沒有選擇的餘地。

一年後，她接到了出版的提案，讓她將先前所寫的報導編撰成書，書籍內容混合了專業評論與教養教育，在初版成功售罄後得到了重新評價。此後，她透過出版翻譯書籍和偶爾接到的演講，以這些進帳彌補了捉襟見肘的帳戶餘額。這並不容易，相較於她的勞動時間，這類消耗性工作賺取的收益並不高。即便如此，她仍從工作上獲得了很大的滿足感，而自由接案的優點，就是她的時間不受拘束，可以自由自在的生活。

夏日夜裡的海雲台，仰望海岸邊成排的高樓建物，總讓人頭昏。避暑遊客們自由奔放的身姿和衣著打扮，遠遠凌駕了現代藝術嘗試表述的多重諷刺和無差別的慾望。絢爛的照明和各色煙火紛紛射向空中，將夜空創作成一幅抽象的畫作。熱帶夜晚的街道被青少年佔領，熱鬧非凡。

漢娜坐在咖啡廳的露台上，望著身穿迷你裙和熱褲昂首闊步的女孩們。從她們歡快的笑聲和悸動的眼瞳，她感受到自己的二十歲已退出了舞台。雖然她也不過三十歲中半的年紀，卻不禁嘆了口氣、覺得自己已經年華老去。男人們有著寬闊的肩膀和纖瘦的手臂，摟著舔著冰棒的女友的腰。漢娜撇過了頭，從今而後，在自己的人生中將不再上演這樣的場面。為了忘卻眼前的光景，她確認起手機的內容，看見秀英在睡前傳來的簡訊。

「媽媽，下次要去海邊的時候，一定要帶我去喔。我想看魚魚。」

一想起女兒甜蜜的嗓音，滿心的委屈和激動就平靜了下來。

「好難得呀，老師，晚上天氣這麼熱，怎麼沒有早點休息。」

一抬起頭，只見一個男人穿著好似漂白過的白色襯衫，臉上帶著笑意。他像是剛沖完了澡，有著適當長度的捲髮蓬鬆飄逸。漢娜緊縮起眉間的距離，明白了男人的身分。他是本次活動主辦方的公司職員，在釜山當地舉行三天兩夜的學術研討會，在漢娜準備發表演說的時候，男人也在一旁協助。她半是期待半是失望的向他打了招呼。

「您不介意的話，我可以一起坐一下嗎？」

漢娜點頭同意。在他轉向露台入口、走向座位的時候，漢娜定了定心神，她甚至已經想不起來，上一次和陌生男子有私人會面是什麼時候的事了。

男人一就座，身上就散發出洗髮精的氣味。他看了看漢娜空了的咖啡杯，詢問她要不要再喝點啤酒。這一回，漢娜仍舊點了點頭。晚間十一點，或許正是和陌生男人喝杯啤酒的最佳時機也說不定，她這麼想著，縱使沒什麼邏輯。對方似乎也有著同樣的想法，臉上的神情滿是欣喜。

「我很喜歡每次來海雲台都有種全新的感受，因爲這裡的風景總是在改變。您有聽說過，這裡曾經是很熱門的蜜月旅行地嗎？」

漢娜露出訝異的神情回應著他的話。在眾人皆貧的年代，曾有位新娘沿著海邊漫步，眺望漫天晚霞。想像著這樣的場景，這繁華都市的海灣就如同男人所說的一樣，浪漫不已。或許新娘也曾將腳浸泡在海水中，勾勒著未來，她的婚姻生活，是否有個幸福美滿的快樂結局？

他從錢夾裡掏出一張名片推向了她，漢娜接過名片仔細閱讀。他撓著腦袋說，這是為了這次學術研討會急就章印刷的名片。

「我把它當作一個不錯的紀念品，這是我第一次擁有名片，感覺還不賴。」

「你在大學裡工作嗎？」

「唔，可以這麼說。我對兼任講師的工作沒有什麼不滿，只要有辦法補貼經濟上的問題，就能成為一份很有趣的職業，對未來的不安和自由是並存的。」

漢娜試著猜測太英的年齡。她在會議室裡討論講稿的時候，他檢查了麥克風的音量，那時的他看起來似乎年紀很小，近距離一看才發現並非如此。那是一張成年男人的臉孔，懂得生活的曲折和陣痛。Nike的短袖襯衫，褪色的牛仔褲、舒適的皮製涼鞋，略長的捲髮體現出了他所嚮往的波西米亞式生活。他沒有戴錶。這一點讓她很中意，情感上，她對那些堅持配戴昂貴手錶的男人們不感興趣。

「以前我曾經看過漢娜小姐寫的書，是偶然在圖書館裡發現的，因為看起來很有趣，我甚至訂購來拜讀了。書名是《藝廊中的隱密政治》，對吧？」

太英笑了起來，像個盼著稱讚的孩子一樣，漢娜不禁紅了臉頰。在意想不到的場所竟會遇到讀者，這還是頭一回。

「因為我的研究領域是法學和藝術的相互關係，所以才會參加這次學術研討會。」

「你是主修法律的嗎？」

「是，念大學的時候我對刑法很感興趣，進到研究所後想研究些不一樣的主題，因此轉換了方向。我的論文也是關於藝術史上曾發生的法律紛爭，及其相關事例的研究。」

「哇，那反倒是我得向老師多請教了。」

漢娜由衷感到詫異。這是一次如禮物般珍貴的會面，兩人的出發點雖有所不同，但卻走在同一條道路上。

他們圍繞著「現代藝術的政治學」這個主題談論了半晌。對於寫實主義先驅庫貝爾是一名自我宣傳的大師，且執著於作品價格與著作權的事實，太英表現出了高度的興趣。同時，他們也針對現代藝術像工廠一樣，以大量生產和自我複製作為基礎的經營模式，進行了交流。酒過三巡之後，兩人一路羅列了主導現代主義思潮的一系列藝術家姓名，發現共同喜愛的藝術家相當不少。相似的美感驅散了懷疑和困惑。

「要再來一杯啤酒嗎？」

在他的勸說之下，漢娜下意識地打量周圍。時過午夜，咖啡廳裡的客人仍越來越多，四周喧鬧嘈雜，空氣也鬱悶燥熱。她回憶著上一回沒有秀英在身邊、獨自度過夜晚是什麼時候，胸口一陣悸動。

「去那裡喝怎麼樣？」

漢娜指著對角線上隱約可見的高空天臺酒吧說道。太英稍稍蹙起眉間，盯著高級酒店看了一會，露出滿懷期待的微笑。

「希望有好喝的馬丁尼就好了。」

在高速電梯裡，漢娜想起了童話之中、闖入冒險旅程的那些少女。跟著兔子進入奇

---

106 Gustave Courbet，1819-1877，法國寫實主義畫家，主張藝術應奠基於現實。

異世界的愛麗絲，還有在罌粟田間遇見膽小鬼獅子、沉沉睡去的桃樂絲。中產階級的愛麗絲與赤貧階級的桃樂絲。即使社會背景和地理位置不同，她們都毅然決然地面對眼前的危機。比起有著貴族傾向的愛麗絲，漢娜更受擁有強烈平等意識的桃樂絲所吸引。漢娜曉得，令人感到超現實的高速電梯正在帶自己走進童話中的世界，對現實世界之中的成年女性而言，所謂冒險就意指愛情。

在天台酒吧裡，漢娜沒有理會擺在眼前的雞尾酒，徑直眺望著窗外。波光嶙峋的海浪好似串串隨風搖曳的髮辮，朝著海岸邊湧上。從汽車和街燈上躍然而出的無數燈火，像銀珠般裝飾了街道。夏日的夜晚，正將這個海岸都市轉變為充滿冒險和五感官能的童話。

「我覺得愛情就像一條導火線，喚醒沉睡在內心的瘋狂，只要點燃、爆炸，一切就結束了。我第一次發現藝術的時候就是那樣。在巴黎，我看見正在觀賞〈草地上的午餐〉以及〈奧林匹亞〉的人們，受到很大的衝擊。所有人都帶著專注與有愛的目光注視著畫作，有青春期的女學生，也有年過八旬的老人家。」

漢娜試著猜想他接下來要說些什麼。

「沒有人在觀賞了畫作之後感到憤怒或為之皺眉，書中描述的那些可怕的騷動也沒有發生。令我吃驚的不是名畫，而是人們的目光，說來慚愧，但我在那時才領悟到藝術的重要性。因為藝術家們在重新塑造世界，提出他們的理想、使世界再次出現改變。」

太英的沉穩令漢娜感到些微的激動。

「初次描寫到觀眾們能夠毫無偏見地觀看馬奈（Édouard Manet）畫作的人是普魯斯特（Marcel Proust）。他在小說中指出，人們已經不再為已故畫家的畫作感到衝擊，畫家曾引發爆炸性的反應，然而一個世紀不到的時間，畫家的挑釁就已消失在往昔。比起畫著赤裸女體的畫作，觀賞畫作的觀眾並不感到驚訝這個事實，更令普魯斯特感到興奮。太英先生在奧賽博物館見過的場景，可說和普魯斯特極具智慧的觀察頗為相似。普魯斯特對馬奈如此讚揚，或許太英先生和他一樣擁有詩人的感性也說不定。」

「多謝美言，但您就別取笑我了，我只不過是個對藝術感興趣的法律學者罷了。只是隨著時代演進，人們的倫理觀與價值觀也會發生變化。我不禁覺得，如果能做到這一點，一定能夠變得幸福。當時的事情肯定改變了我，我養成了一個習慣，時刻檢查自己的想法是否感染了因循守舊的思想。在愛情和婚姻等私人領域也是如此，時時確認我所認定、接納的正常與倫理，是否已經落後於時代了。」

「比如說？」

「比如說，自由戀愛與結婚？」

他的回答令漢娜不禁笑出聲來。」

「這不是目前所有人都已經接納的事實了嗎？」

「當然了。然而，在現實世界裡正在發生的事情依舊有所不同。以我本身的例子來說，就不是這樣的。」

他揚起一抹微笑，撈出漂浮在馬丁尼中的橄欖咬了一口。

「那是大學時期，我和第一任女友交往的故事，那年我二十歲，那個年紀一樣，狂妄得一塌糊塗。當時的我，似乎把相愛這種情感視為一種義務，當作入學考試一般，野心勃勃、無論如何都要達成目標。與其說陷入感情之中，毋寧說是一心只想取得成果，操之過急了。」

漢娜產生了興趣。

「我想方設法地討她的歡心。在聽到我愛你的告白之後，我感受到一種成就感，好似征服了整個世界。因為我已經完成了我的愛情，一想到終於將她變成了我的人，我就覺得心滿意足。」

太英聳了聳肩，漢娜微微一笑。

「問題在意想不到的地方發生。在去圖書館的路上路過了咖啡廳，我偶然發現女友坐在咖啡廳角落裡的身影。她正在和一個男的交談，而我則陷入了從未經歷過的微妙情感之中，所以我一直保持距離，偷偷觀察著她。我聽不到聲音，無法得知他們在聊些什麼，但我似乎感到很受傷，因為她毫無保留地露出一種我從不曾見過的笑容。該說是連眼睛都在笑的感覺嗎？總之，那個笑容超脫了我的常識和倫理的範疇。」

漢娜試著在腦中勾勒那幅景象。

「在那一瞬間，我產生了可能會失去她的預感，強烈的嫉妒折磨著我。我該怎麼做才能夠擁有她？該跟她結婚嗎？那天晚上，我就躺在床上想著這些。我肯定是慌了神，並且季節性的流感也找上了我，似乎是那年冬天的大流行。即使吞了一大把退燒藥，我仍高燒不退，昏昏沉沉地過了一個晚上。說來丟人，但早上我的高燒一退，我就陷入嚴重的性慾之中，那樣的慾望，簡直比高燒帶來的痛苦更難以忍受。」

「所以，你才認為愛情是一種瘋狂嗎？」

太英抬眼注視著漢娜，笑了一笑。他的面容好似走出了黑暗的隧道。

「可以這麼說吧。在那之後，我跟女友之間的關係就出現了裂痕，在我努力擺脫嫉妒的同時，對愛情的懷疑也隨之降臨。沒過多久，她就發現了我在逃避她的事實，雖然如此，她倒也沒有太過失望。然後不到幾個月我們就分了手，那年，我也休了學，去服了兵役。

更令人驚訝的是時間。它讓那段時間裡發生過的所有事情，蒸發得無影無蹤。在此之後，我也陸續交往了幾任女朋友，就像別人那樣談著平凡的戀愛，再也沒有出現過那種現象。我期望自己能過得更自由，因此專注在學業上，我甚至考進研究所、還一路拿到了博士學位。在我接觸藝術和文學之後，這才得以逐漸了解我內心隱藏的瘋狂，這就是整件事的核心。聽起來是不是有點無趣？」

他不好意思地笑了起來，漢娜認為成年男人的笑容很好看。他叫來服務生，又點了一杯馬丁尼。

「事情過後，我才發覺我可能誤會了她的笑容，或許她只是單純地露出幸福純真的微笑也說不定，問題的真正起因在於我偷偷窺視的視角。」

「就像在沙龍展當中，看著馬奈的作品感到憤怒的觀眾一樣？」

「是，我無法否認。」

「那麼，為什麼到現在都還沒結婚呢？難道婚姻也跟瘋狂有關嗎？」

聽見漢娜這麼問，他露出一個天真爛漫的笑容，緊接著又換上一副真摯的神色。

「我和她失敗的原因，表面上是因為嫉妒，但實際上則是由於對未來的不安，我理所當然地認為只要相愛就必須結婚，只要結了婚就能擁有對方，在不知不覺間被這種強迫性的公式所束縛。若非如此，我也不會陷入那樣不正常的情緒，搞砸了雙方的關係。真正的愛情應該連彼此的不安都予以包容，而我卻沒能做到這一點。」

「當時你才不過二十歲，不是嗎？」

「是，年紀是還很小，但不是年紀小就能正當化一切行為。」

他慢慢回到知識份子的面貌，綜合了法學和藝術的模樣。

「我認為婚姻不同於愛情，是另外一個領域，只是人們經常誤將兩者等同、混為一談，將婚姻視為愛情的終點。但是婚姻和戀愛不一樣，它伴隨著慣習與制度的問題，相反地，愛情成為婚姻的必要條件，不過是不久前的事情而已。在過去的婚姻制度之中，根本不講求男女之間的愛情，或許時下的婚姻，不過是近代浪漫主義慾望製造出來的私生子罷了。」

「那麼，太英先生是反對婚姻的囉？」

「倒也沒有那麼偉大，我只是覺得婚姻這個制度會使人感到拘束不適，所以有必要換個方向思考。我傾向將自由和愛放在優先，形式和禮節則可以向後推遲也無妨，若非得做個聲明，那麼相比於『沒有愛情的婚姻』，我更支持『沒有婚姻的愛情』，差不多是這樣吧。」

他像是剛從催眠中甦醒過來的人一樣，有意識地露出一個微笑。漢娜有股衝動，想要問問他藏在心中的問題。然而，對方率先提出了疑問。

「在漢娜小姐看來，如果不結婚，愛情就會消失嗎？」

兩人因為公事上的關係偶然相遇，但此刻的對話正在朝向新的高度前進。

「即使未能締結婚姻，愛情也會延續下去。」

漢娜平靜地答道。太英微微一笑。

「妳有信心？」

「比起那些經歷過沒有愛情的婚姻生活的人，顯然有更多人還未結婚就感受到了愛情。我們不是為了婚姻才來到這世界，我們是為了愛而生的。」

漢娜像個陷入冒險的少女般漲紅了臉，於是迅速地拋出提問。

「即使不結婚也能獲得幸福，您身邊應該也有很多人這樣相信吧？」

「確實如此，為了在文明社會中實現幸福的婚姻生活，需要滿足幾個條件。首先，夫妻應該實現完美的平等狀態，互不干涉彼此的自由。所謂的自由，也包含婚後發生的自由戀愛。這其實是一百年前，羅素在《婚姻與道德》中所說的話。漢娜小姐，妳想想看，這真的有可能嗎？」

「結婚後的自由戀愛……」針對這句話，漢娜思索良久。

「夫妻之間，無論在肉體上或精神上都應形成完美的親密感，價值基礎也要維持程度上的一致。他認為只要滿足這些條件，就能在婚姻中獲得幸福。」

「所以，羅素的結論是什麼？」

太英蹙起眉間，像是在搜索著記憶，說道。

「正確內容我也記不清了，大致概念好像是說，就現實角度來講要滿足這些條件幾乎是不可能的，但只要改變想法，就會有希望。」

「就像人們看待馬奈畫作的視角發生了變化？」

「對，他還有提到，我們需要符合時代需求的婚姻制度。」

「總而言之，婚姻依舊是必要的？」

「羅素是出生在十九世紀的哲學家，前後結了四次婚，追究起來，確實會讓人感覺他言行不一。雖然他主張婚後也要認可自由戀愛，但實際上，他也因為第二夫人戀愛的行徑，受到嫉妒煎熬。在這一點上，薩特（Jean-Paul Sartre）也是半斤八兩。這些男人，確實有些令人心寒，是吧？」

他比漢娜年長三歲，很快就要四十了。漢娜和太英推算著自己的年齡，第一次感到疲憊。執著於民主主義意識形態的父母世代無法理解他們，只是用不滿的眼神，注視著接受了高等教育、卻情願安於非正職工作的子女輩，如果自己與他相戀，二人很有可能被視為不完整存在的結合。在經濟實力上佔據優勢的父母輩，擔憂地觀照著過著自由生活的子女，並糾結於「該如何死去」這般帶有實用性、哲學性色彩的謎題。

不明朗的未來稀釋了浪漫的氛圍。他們是過於理智的存在，無法單靠愛情燃燒他們的心。

隨後，兩人回到活動主辦公司預定的飯店。走在暑氣未消的街道上，熱帶的夜晚汗濕了背脊。漢娜將太英帶回自己的房間，整理好的床鋪擺放在房中，就像隻乖巧的貓。接吻後，兩人做了愛。在返回首爾的ＫＴＸ上，太英就坐在漢娜身旁。此後，兩人正式成為戀人。

漢娜在三十歲的最後一年生下了兒子，男孩有著太英高挺的鼻樑和漢娜柔和的唇形。在沒有結婚的狀態下，漢娜和太英一直同居著，社會稱兩人的交往型態為「選擇性結合」。

身為非典型工作者的兩個人，為了兼顧家庭與事業努力不懈。雖然經濟層面依舊不穩定，但兩人共同分擔育兒的負擔、熱衷於各自的工作。針對婚姻制度，太英撰寫了一篇指謫其法律面矛盾性的作品，成為一名教養書籍的作家。他的主張得到了讀者的支持，他們渴望打破傳統婚姻的陋習、進行制度改革。在〈開放式婚姻與它的敵人〉這個具有刺激性標題的報紙專欄中，他也坦言自己在男女之間，選擇了新的結合方式，展現「婚姻是愛情的里程碑」這種社會通則不再有效。

對於深信婚姻是幸福泉源的人們，他的倡議也對他們的固有觀念帶來了衝擊。他認為婚姻應該擺脫法律的範疇，演進出多樣性的型態。但一如往常，歷史的進程發展緩慢，一方在戮力推進，另一方就使勁拉扯，試圖維繫平衡。縱使時間流逝，保守派的主張還是沒有消失。針對同性戀和性少數族群的非難依然強烈；婚後自由戀愛仍被冠以外遇亂倫的名義遭受攻擊；對於拒絕婚姻、維持選擇性結合的情侶，社會上的不滿和懷疑亦未曾止息。

漢娜在凌晨五點半起床。她在廚房裡喝了杯水，做了點伸展運動。沖好咖啡後，她坐在桌旁搜尋著昨晚的社會新聞，一些無名的人們過世了。漢娜將兒子送到幼稚園，接著坐上地鐵前往藝廊。上國中的女兒已經去了學校。這些孩子也會成長，終有一天會墜入愛河並擁有婚姻。他們是否能擁有幸福？

漢娜知道，地鐵上的很多人都熬過了一個不眠的夜，又再度面對外頭的世界，包含她自己也是其中之一。

回到家中已經是晚上九點。兒子睡著了，女兒正在做數學作業。太英坐在沙發上疊著洗完的衣物，對她露出笑容。

他總是親切、友善、善解人意。他替從幼稚園回來的孩子洗澡，餵孩子吃晚飯，給孩子念故事書。他會在年幼的兒子陷入夢鄉、幫助女兒完成作業後，一邊讀著書一邊等著戀人返家。他認為自己存在的事實並不帶有實質意義，對漢娜而言，太英的虛無主義頗具吸引力。他喜歡做菜，熱愛週日早晨的散步。他們厭棄中產階級的自私自利，拒絕因循苟且的秩序。

睡前，他似乎發現了一個有趣的笑話，給她讀了手中書籍的其中一段文字。

儘管如此，他們仍繼續制定法律，

撰寫大眾小說、締結婚姻、生兒育女等愚蠢的行徑。

漢娜睡眼惺忪地瞥了瞥他正在閱讀的書名，無論何時，薩特那叼著菸斗的臉看起來都很有趣。她沒有挪動，嘴角仍掛著微笑，感覺自己彷彿在夢中見到了父親的面容。

隔天一早，漢娜進了辦公室上班，她聞著桌上擺著的咖啡香，給太英打了通電話。

她想向他說一聲我愛你。撥號音響起。

＊＊＊

後記

愛情和婚姻，在任何時代都是極富魅力的主題，對於二者，每個人應該都會有些話想說。或可說這兩個主題就是我們生命的核心也不為過，因為沒有人能夠忍受沒有愛情的人生和痛苦的婚姻。

《不婚的城市》是一部追索著我們這個世代的愛情，探尋婚姻意義的小說。隨著時間推進，愛情的意義有所改變，對婚姻的認知也逐漸演進，然而，在婚姻制度這個主題上面，老年、中年和青年層的意見依舊存在著分歧，不欲結婚的子女和無法理解的父母，其間矛盾也成為屢見不鮮的故事。

「婚姻是愛情的里程碑」這樣的信念，曾一度支配了整個時代。多數童話中的男女主角都擁有幸福美滿的結局，讀者們也為美麗的結尾感到開心，深信婚姻這則神話的人們，至今仍無法放棄這唯美浪漫的夢想。因為「婚姻」雖然保持著傳統和保守的陳舊表象，卻依然擁有強大的力量，足以動搖人們的生活，或許那就是它歷史深遠、由來已久的靈驗，以及咒術般的力量。

來到今天，青年們已毫不掩飾地談論著不婚主義的話題。這樣的宣言蘊含著政治、經濟、文化或世代之間難以說明的複雜意識與情感，亦是勞動人口和育兒政策之類的社會語言無法觸及的隱密領域，就連試圖接近都不甚容易。這也是以過去解決問題的方式不易解答的難題。

論語中有過這樣的一句話：「學而不思則罔，思而不學則殆。」這句話強調學習前人的思維固然重要，但以此為基礎，培養自身的思考能力與判斷能力更是不可或缺的。

現在的我們，必須重新思考「愛情與婚姻」，倘若僅僅依照自己已知的資訊和經驗來進行判斷，就不免迎來危機。尤其是圍繞著婚姻制度的現代固有觀念，勢必要透過全新的思維和決策加以改變，才能不致使拒絕進化的物種迎來悲劇性的結局。立基於對婚姻持續性的考察，我們總有一天能夠取得多樣性的成果，此外，亦能打破婚姻本身所具有的、現實與虛幻的疆界。希望本作能夠成為這段進程的第一步。

小說在向我們提問，何謂愛情與婚姻真正的意涵。關於這個問題，若能與讀者們一起分享有趣的答案，我將感到無比幸福。謝謝。

國家圖書館出版品預行編目(CIP)資料

不婚的城市：世間所有愛情都沒有剪影 / 辛京鎮著；林季好譯. -- 初版. -- 臺北市：遠流出版事業股份有限公司, 2023.05

面；　公分. -- (文學館)

譯自：결혼하지 않는 도시 : 세상 모든 사랑은 실루엣이 없다

ISBN 978-957-32-9937-0(平裝)

862.57　　111021478

文學館E06025

不婚的城市

世間所有愛情都沒有剪影

作　　者——辛京鎮
譯　　者——林季妤

主　　編——許玲瑋
封面設計——兒日設計
內頁版型——日暖風和
排　　版——立全電腦印前排版有限公司

發 行 人——王榮文
出版發行——遠流出版事業股份有限公司
地　　址——104005 台北市中山北路一段11號13樓
電　　話——（02）2571-0297　　傳　　真——（02）2571-0197
著作權顧問——蕭雄淋律師
YLib 遠流博識網 http://www.ylib.com

ISBN 978-957-32-9937-0
2023年5月1日初版一刷 定價420元